如果科学失去“人味儿”，

就会变得像野兽一样疯狂。

FANTASY
幻想家

01

# 临界·高科技罪案调查

临界

HTCI

## 飞驰的灵魂

郑军 著

北京理工大学出版社
BEIJING INSTITUTE OF TECHNOLOGY PRESS

图书在版编目（CIP）数据

临界·高科技罪案调查．飞驰的灵魂 / 郑军著．— 北京：北京理工大学出版社，2019.1（2019.3 重印）

ISBN 978-7-5682-6500-3

Ⅰ．①临… Ⅱ．①郑… Ⅲ．①科学幻想小说—中国—当代 Ⅳ．① I247.5

中国版本图书馆 CIP 数据核字 (2018) 第 272237 号

出版发行 / 北京理工大学出版社有限责任公司
社　　址 / 北京市海淀区中关村南大街 5 号
邮　　编 / 100081
电　　话 /（010）68914775（总编室）
（010）82562903（教材售后服务热线）
（010）68948351（其他图书服务热线）
网　　址 / http：//www. bitpress. com. cn
经　　销 / 全国各地新华书店
印　　刷 / 三河市华骏印务包装有限公司
开　　本 / 787 毫米 ×1092 毫米　1/32
印　　张 / 7.25
字　　数 / 105 千字
版　　次 / 2019 年 1 月第 1 版　2019 年 3 月第 2 次印刷
定　　价 / 32. 80 元

责任编辑 / 闫风华
文案编辑 / 闫风华
责任校对 / 杜　枝
责任印制 / 边心超

# 目录


001 第一章　理工男

025 第二章　暴力本能

049 第三章　超人制造者

065 第四章　旧梦重温

083 第五章　极速

105 第六章　迷雾重重

139 第七章　和他在一起

155 第八章　首次出击

171 第九章　爱入穹颅

203 第十章　烈焰！

220 本集说明

——法律总像乌龟一样爬在现实后面，

而科技却跑得像猎豹那样快。

临界

HTCI

# 第一章　理工男

“你不能在这儿吃东西！”

杨真吓了一跳，赶紧从实验台边站起来。眼前这个男孩……不，这个男人身材单薄，溜肩膀，背微驼，头发像乱草，稀稀拉拉的胡子可能从来没刮过。

他是谁？凭什么这样讲话？室友林慧娟抻了下杨真的衣襟，耳语道：“实验课教师……”

实验指导教师李文涛，刚刚研究生毕业，留校任教。李文涛不光语气生硬，还当着一群同学的面用手指点杨真，仿佛在盗窃现场抓了现行犯。杨真拿起泡面用的碗，争辩道：“老师，我没用实验工具吃东西。”

“那也不行，在实验室这个地方不能吃、不能喝，什么都不能入口。”

太夸张了吧？除了醋酸和甲醛的混合气味让人略倒胃口，杨真觉不出这里有什么危险。李文涛举起一只烧杯，招呼全体同学听他训话。

“你们有个师姐用它冲速溶咖啡，然后就没有然后了。她上一节课的学生用那个杯子装氯化钡溶液，没洗干净。那东西不到一克就能致死！”

天，这里真死过人？看来在这里不许吃东西不是干巴巴的实验室守则。同学们一听，七嘴八舌地问其中的细节。那位师姐送医院了吗？接受了什么治疗？去世前挨了多久？唯独杨真注意到李文涛说话时眼眶湿润，声音哽咽，这触动了她内心里最柔软的部分。

“所以，重点不是吃不吃，而是培养在实验室里面的好习惯。”李文涛不是在强调纪律，他是……他是……他是要掏一颗心给大家看，而且不管别人在不在意，“进实验室就把嘴紧闭，对周围的一切建立起敬畏，这才是重点！”

那天做分组实验，杨真从没那么仔细过。而且只要李文涛一讲话，不管是不是来指导她们这组，杨真都要停下来，听听他在说什么。妈妈讲得有道理，年轻人都喜欢放荡不羁的性格，但只有能欣赏严谨踏实的人才算成熟了起来。

那天的杨真满了十八岁，再早几年，她就认为自己应该算成年人。所以，这个看上去比她大不了多少的娃娃老师，还有他的专注和执着立刻俘虏了她的眼球、她的注意力、她的心神。

小李老师不负责讲课，只负责管理实验室。接触几次后杨真就发现，李老师博古通今，专业领域里没他不知道的事情，比那些照本宣科的老师强得多。李文涛有个本事尤其让她印象深刻，那就是他能在大脑模型上准确指出一百多个定位点。爸爸能认出一千颗星星，李文涛这个本事更绝，毕竟人脑只有巴掌大小。

杨真就读实验心理学专业，实验当然是基本功。她经常会在同学逛街的时候来到实验室，站在瓶瓶罐罐中间向小李老师请教问题。没有别的女孩喜欢这种实验室，里面有太多恶心的东西：一颗连着脊髓神经的脑，几片大腿的横截面标本，一个小男孩的尸体，带着枪眼的头盖骨。中枪后，人没有立即死亡，反而活了很久；脑部受到创伤后，人还能存活下来，这些秘密就放在标本瓶里。

这里不是医学院，标本不够多，只向学生展示，不能动手解剖。所以直到杨真入学一年后，这些标本都还摆在原位。一来二去，她已经把它们当成朋友了。

最初，李文涛没想起来他还训斥过杨真，只把她看成一个勤奋好学的新生。他允许她在标本瓶间浏览、翻看神经系统挂图、在显微镜下观察神经元标本，还把宝贵的尸体拿出来让她用镊子翻开皮肤，寻找神经组织。

除了这间生理解剖学实验室外，李文涛还要管学院的心理实验室。这天上午做“注意分配实验”，仪器不够，杨真没排上。下午她自己找到李文涛，想来补做一下。

“正好，咱们一起修吧。”李文涛指着桌上的零件和打开的机壳说。这是一台双手调节器，是做注意分配实验的专用仪器。“学院本来有六台，坏了一台，所以课上不够用。”

“李老师，您要亲自修吗？叫厂家来个人不就行了？”

“这些科学的产物，只有亲自摸过、拆过、装过、毁过，你才不会害怕它。”李文涛抓过椅子，示意杨真坐下，“尤其你们女生，一看见元件、线路就头疼，更有必要多动手了。”

“那我把它弄坏了，算谁的？”

“当然算我的，难道你还有工资可以扣？”

杨真永远会记得，这是他们之间第一次开玩笑。她坐下来，在李文涛的指导下摆弄线路板。因为是女孩子，才要多练练修仪器设备？另外一个理工男也这么说过，为什么他们都这么想？

实验室去得越来越勤，杨真免不了被同学们说三道四。

“心理学有什么难的，背背课本就不会挂科。老师又没安排，加做什么实验啊。”

“咱们这里不是艺术院校，男生奇缺，你干吗找颜值这么低的老男人？”

听到这类声音，杨真总是笑而不答。她知道自己在干什么，但是很难让别人也明白。妈妈说过，解释不清就干脆别开口。对，就让她们说吧。

第一年，杨真成了班上的学霸。基础心理学、生理解剖、数理统计都考了最高分。第二学年，除了正式的实验课，杨真却再也不去实验室了。终于有一天，李文涛在走廊上叫住杨真，问她为什么不去做实验。

杨真的脸色很难看，她拼命要做好一件事，也确实做得很好，但这份努力突然变得毫无意义。

“不回答没关系，我只是好奇。就是我在这里读本科时，女生里也没有谁像你这么勤奋。我很好奇，你这样究竟为了什么。”

忽然间，杨真特别想找个人倾诉。如果眼前这个人都不明白，天底下就没人能理解她的痛苦了。于是，杨真跟着他走进实验室，坐在反应时测定仪、调速混色轮和电控动景盘之间，讲了自己的故事。

高考之后，杨真将报考的志愿告诉了家长。父亲大发雷霆："一个理科生，考了这么高的分数，为什么选择学心理学？那就是卖狗皮膏药的专业。你是不是怕功课难，才想挑个容易混的学科？"

当然，父女二人早有积怨，这只算一根导火索。"所以我就想学好专业课，向父亲证明自己不是要偷懒。这是一门严肃的科学，了解人心，一点不比了解天上的星星更容易。"

"你爸搞什么专业？"

"行星科学。"

"我以为什么高大上的专业。他们不也是对着天文照片胡猜乱想？除了陨石，天文学哪有什么东西可以证实。"李文涛撇撇嘴，"以后他再挖苦你，你就这么回答他——物质科学没什么前途了，生命科学才是未来！"

仔细想想，父亲也有为女儿骄傲的时候。那年刚上高二，杨真回到家，父亲杨永泉正和同事聊天。客人顺便问了一句，你家孩子读文科还是理科？杨永泉骄傲地回答，我女儿这么聪明，当然读理科，想混日子的学生才选文科。

所以，杨真知道父亲的反应为什么那样强烈。心理学算什么科学，他要把女儿培养成未来的吴健雄，这个目标被女儿自己毁灭了。他们争了几天，吵了多次，杨真就是不肯妥协！

她的父母之间也是冷战多年，怕影响孩子的学业，硬撑着没离婚。高考过去了，再没有外因约束了，两人终于在刚过去的夏天分了手。杨真已经成年，不用挑监护人，但是坚决和母亲一起生活。

杨永泉从家里搬走那天，杨真从父亲的眼神里看到了解脱。他很高兴，从心里高兴。他不仅不爱妈妈，也讨厌女儿，他终于不用和两个低能人守在一起了！

“李老师，你知道吗？那天他看着我，眼神里充满怜悯。瞧，这就是他智商欠费的女儿，只能读心理学这么幼稚的学科。我想批他、驳他，可他根本不给我机会。”

终于没忍住，杨真把脸埋在手掌里，呜呜地哭起来。除了妈妈，还有人能理解这种委曲吗？这半天，李文涛一直陪着杨真，琢磨着怎么劝慰这个女孩子。这活他可从来没干过。该说什么呢？没关系，人要把握自己的命运，不能生活在他人的眼光下……就讲这些没营养的“鸡汤”文？这也是心理学家该说的话？

杨真哭够了，抬起挂着泪水的脸庞，李文涛也终于把话组织清楚了。“就是说，你拼命学习一年，只是想向他证明，你和他的智商在一个水平线上？”

杨真点点头。

“那又怎么样？你爸拿过诺贝尔奖？”

“貌似搞天文学的人拿不了这个奖。”

“中国那个邵逸夫天文学奖，他拿过吗？”

“答案你知道的……”

“都没拿过，那他是天文学界什么大腕吗？”

父亲在天文学界算什么角色，杨真根本不知道，只知道他在副教授位置上待了很多年都混不上去。

“我看你的智商真有点欠费。”李文涛指指墙上的画像——冯特、巴甫洛夫、华生、斯金纳，心理学界前辈排成一行，注视着他们。

“这些大师奋斗了一辈子，只是为向他们的父母证明自己不算傻？”

杨真的智商不欠费，立刻就明白了他的意思。很快，实验室又成了他们的二人世界，杨真恢复成那个勤学好问的学生。有一天做完实验，杨真回忆起他们第一次接触的情形。

“李老师，现在实验室纪律并不好，你怎么却不管了？”

李文涛叹了口气：“我已经搞明白了，他们都是来混文凭的，我又何必为难大家。”

杨真不是来混文凭的，向父亲证明自己的动力，现在连自己都觉得好笑。不过，她又为什么要埋头苦学，考个研究生呢？找一份好工作？像父亲那样，在学术台阶上一层层地往上爬?

这不是她的理想!

“要做科学家？当然应该。不过你得做个有人味的科学家。”这是几年前选择理科时，母亲卢红雅对她说的。在三个人的家庭里面，她一直在努力抵消丈夫对女儿的不良影响。她告诉女儿不光要学习好，还要善解人意，懂得关心别人，要会社交，懂文艺。甚至，也要适当打扮一下自己。

所以杨真在女生圈里一直很吃香，还是两三个学生社团的骨干。她能和女孩们一起疯，能飚歌，能绘画，能演话剧，知道什么牌子的面膜补水效果更好。几个女孩站在一起，其他人立刻变成她的陪衬。

不过，没人能代替实验室那个年轻的李老师。因为天天泡在星座和明星八卦这些话题里，杨真很快就会有饥渴感，她要进行有营养的谈话，所以没办法，只好去找那个标准的理工男。李文涛不会背诗、弹琴，不会讨女孩喜欢，但他能在她面前推开一扇窗，帮她看到深远的世界。他有一个飞驰的灵魂，能带着她上天入地。

“那些问卷量表都是笑话，当年前辈发明这些工具来研究心理，只不过是因为没有足够的视频采集手段。”

“统计学你考好就行了，将来进入大数据时代，不管几千万、几亿人，行为数据都能实时全景收集到。什么零点调查之类都得破产。”

“记住，人脑是心灵的根本，一切秘密都在那里面。”

“科学是第一生产力？不，科学不是第一，是唯一。社会上之所以还有很多人干别的职业，只是因为科学还发展得不够！”

……

讲到学术话题，杨真只有听的份儿。这和老师们在课堂上讲的不一样，完全不一样！循规蹈矩与大胆出格，年轻人喜欢听哪种？那还用问吗？

甚至，杨真喜欢看小李老师面对仪器时那种投入的神情。一个人和他心爱的事业融在一起，那时的他最有神韵，连欠梳理的头发都显得很有型。

和这个人在一起，杨真能够把思想投射到六合八荒。有一次谈得脑洞大开，杨真问他：“将来能不能制造一种微型仪器，植入动物大脑，控制它们的行为？”

“肯定会实现，但现在还差得远！”李文涛捏起一只细小的实验电极说道，“用它在脑部搞定位研究，就像在世界地图上指出一个村子。要实现你那个目标，微电极应该比这个再细上一百倍……不，一万倍！”

那根电极和针灸用的针差不多粗，看上去像根长长的毛刺。杨真想不出什么样的电极能比它细上一万倍。

相处越久，杨真越能感受到李文涛的孤独，他也有太多的话闷在心里，无处倾诉。“你怎么没跟其他老师一起搞课题？要不你自己申请一个？我觉得你的思路比他们都开阔。”

李文涛愣了半天，胸口不住地起伏着，杨真有点后悔提这个问题。她才读到本科二年级，学术圈子里面好多事情都不懂。

“他们那些课题完全是重复研究，浪费时间，只是为了发文章、混职称。老外搞出的学问他们只能照搬，根本不敢变通。不错，我是有很多想法，可是资历、关系，样样都不够。”

从这天开始，他们平等起来，轮到李文涛开始倾诉苦闷了。杨真坐在那里扮演倾听者。她抑制不住地高兴，也许世界上再没人能像她这样，听得懂李文涛的不满。是的，她能听懂，并且她喜欢听！

李文涛年长几岁，心里面牢骚更多，不过都是些超级牢骚。悲天悯人，感慨万千。他每次都是一边说，一边在堆满设备的实验室里走来走去，说到激烈处，就会挥拳、跺脚，仿佛在和无形的敌人搏斗，又像困在笼里的野兽。杨真还不能完全理解这些愤懑，但她知道，有个人愿意把内心最脆弱的一面暴露给她，意味着什么。

这天，杨真又来到实验室，李文涛正在阅读《国际心理科学通讯》。看到她进来，马上扯着她的胳膊，指着一篇文章让她看。“你瞧，我设想的就是这种设备，没想到国外已经研制出来了。心理学就要告别'黄铜器具'时代了。"

一百多年前，德国人冯特在莱比锡大学建立起世界上第一个心理学实验室。不少参观者对那些简陋仪器嗤之以鼻，说它们和精密的物理、化学仪器相比，只是一堆"黄铜器具"。后来，这成为其他学者嘲笑心理学家的梗。

《国际心理科学通讯》中介绍的那种技术叫"正电子发射层析照相术"，简称"PET"。人类各种心理活动由脑的不同部位支配，进行哪种心理活动，相应部位的血流量就会增加。先让被试喝下混有放射性示踪剂的水，它会随着血液流经脑部。越是活跃的部位，放射信号就会越强烈。这时再让被试按照要求进行不同的心理活动——解一道数学题、回忆一个人名、看一段录像……PET便会摄下不同部位血流量的变化。

"以后我们不用再折磨实验动物，也不需要研究脑损伤患者，我们可以直接研究正常人的脑！"李文涛说完这段话，人已经围着杨真转了两圈，"我有好几个研究设想，关于边缘系统，关于额叶，关于布洛卡区……以前我不知道怎么落地，现在好，有它就行……对，咱们一定要引进它。要快……"

那套设备价值两千万人民币，就是能进口，哪里轮到李文涛来用？过了几天，李文涛落回现实，又开始垂头丧气起来。

"要不，找找我妈妈？她可能有办法。"杨真提议。

卢红雅在《中华科技报》工作了二十年，采访过很多顶尖科学家。科学院、科委、科协的门槛早就让她踢破了。在杨真心目中，什么院士、所长，妈妈随便就能见到。听到她有这个关系，李文涛也很高兴。就这样，他怯生生地跟着杨真登门拜访。

当了多年记者，卢红雅是个很好的倾听者，再加上是女儿带来的朋友，所以李文涛能够滔滔不绝地讲上个把小时：从研究课题到学术前景，从他自己的想法到仪器的价值。

听到最后，卢红雅答应去试试。"天晚了，一起吃饭吧……"

"多谢多谢……不不，我得走了。"李文涛不知道怎么推辞，生硬地站起来，转身离开。杨真把他送到门口，回来坐到沙发上。屋里安静下来，卢红雅拉过女儿的手。

“妈妈，您的新刊物办得怎么样？”

“不忙聊我的事，告诉我，他是你男朋友吗？”

母女二人多年朋友相处，卢红雅开门见山。杨真犹豫了一会儿，坦率地摇摇头：“现在还不算。”

“怎么个不算法？”

“他没和我表白过。”

卢红雅点点头。“我相信你。不过，依我的眼光看，他可能会成为出色的学者，但不大可能做个好丈夫。”

杨真靠在母亲的肩头，默不作声。她知道李文涛让妈妈想起了谁，卢红雅对女儿发过感慨，如果杨永泉只是她那几百个采访对象之一，两人可能会相处得很不错。这些一流学者就像太阳，离远了能享受他们的光与热，离近了就会被烤化。

不过，卢红雅还是把李文涛的事情放在了心上。她到有关部门打听一番，结果才知道“PET”根本进口不了，它标在了“瓦森纳协议”的安全清单上！

“瓦森纳协议？”二十岁的杨真哪晓得国际政治，这个名字还是头一次听到。

1996年，世界主要工业设备和武器制造国成立了一个国际组织，旨在控制常规武器和高新技术贸易。一直以来，中国都是该组织禁运的主要对象。瓦森纳协议国编制有军民两用商品和技术清单，高速芯片就是其中一项。“PET”要即时处理扫描到的脑活动图像，必须内置高速芯片，其运算速度超过了瓦森纳协议的标准。

“所以，咱们中国出多少钱也买不到。”

杨真第一次听到限制高科技扩散的国际协议，她不会想到，在不远的将来，这种事能和自己扯上紧密的联系。回到学院，杨真把这个消息带给李文涛，然后就陪着他默默地坐在实验室里。他不开口，她也不知道怎么去安慰。突然，李文涛紧紧握住她的手，抚摸着，抚摸着，然后把它贴在自己的脸上。

杨真没抽回自己的手，她感觉到他流出的泪水。你安慰我，我关心你，孤男寡女总这样相处，早晚会走到那层窗户纸前面。不过那暂时还有点遥远，李文涛是个失败者，她要在他失败的时候陪在旁边。

不知过了多久，李文涛放开杨真的手。“谢谢你，我……又明白了一些道理。”

李文涛没去捅那层窗户纸，不过也许明天，或者下次，他会开口吗？到时候她该怎么办？母亲的叮嘱确实有分量。可是，也许他不会是父亲那种一根筋的人。

下一次再见到李文涛，又是一堂实验课，杨真和同学们一起做脑定位电刺激实验。按照程序，几个学生结成一组，领一只活兔子。他们要将它麻醉、固定、剥开头皮，用骨钻在头骨上打开个洞，再用钳子夹碎小洞附近的头骨，暴露出大片的皮层。最后，他们要用电极刺激皮层上的不同位置。这时，兔子相应的身体部位就会发生剧烈抽搐。

分来分去，杨真这个小组全是城市里长大的女孩子。面对笼子里的活兔子，你看我，我看你，都不敢下手。杨真一咬牙，伸手把它抱出来，用纱布蘸好乙醚，捂住兔子的口鼻。林慧娟帮着把兔子固定在架子上，接下来整个鲜血淋漓的手术过程都由杨真包下来。最后，她们成功地将兔子的大脑暴露出来，还没等接通电极，就听到走廊里传来一阵骚乱。

“小兔子，白又白，挖掉眼睛提起来，割掉膀胱割小脑，垂死挣扎真可爱。”

一个不应该属于这里的声音传了进来，走廊那边有个女生在念打油诗，语气里充满嘲讽。李文涛出门查看情况，一眼就看到雪白的条幅，上面用红漆染成鲜血淋漓的样子。居中几个黑字像是重锤砸向李文涛——抵制动物实验，维护动物尊严！

几个女生举着条幅，一个女孩子站在它前面，朗诵着打油诗。

“小兔子，白又白，空气打进肱静脉，打完左边打右边，两眼突出真可爱……”

“你们是哪个学院的？这里在做实验，胡闹什么？”李文涛质问道。

这是一所综合大学，文理兼收。为首的女生看年纪，应该到了大三大四的样子。她盯着李文涛，毫不退让。“我们在教育师弟师妹学会尊重生命。”

“你参加了动物保护协会？”

“当然！”

“那都是胡闹！”

杨真和同学们围在门口观察情况，她第一次听到李文涛爆粗口。“狗屁保护协会，都是吃饱了撑的没事干！”

反倒是那个女生更沉稳。“你骂吧，这种话我听了无数遍了，早就有承受能力了。”她把目光转向李文涛的身后，直接将他当成空气，“师弟师妹，动物也有生命权。你们动刀的时候就没有恻隐之心吗？看着兔子悲惨的目光，你们不内疚吗？”

“你们再闹，我就叫保安了。”李文涛声音很大，说得却有气无力。

那个女生根本不理他。“学弟学妹，不要让冷酷的科学把你们的心肠变硬。自然万物不是人类的工具，它们也有生存权利。人类要和它们平等……”

李文涛一把将她推开，走过去撕扯条幅，因为力气过大，女生被推倒在地。她的同伴没去搀扶她，纷纷掏出手机录像。女生站起来，掸掸灰土，坦然自若。

怎么这样野蛮？杨真皱了皱眉头。

“学弟学妹，看看吧，将来你们就会被培养成他这样的人。没有尊重，不懂人性，你们愿意走这条路吗？”

不，李文涛这样确实不对。一个声音在心里响起来，但是当着这么多人，杨真不好意思出面阻拦。

对面的女生名叫李瑾，新闻学院播音主持专业的学生，也是动物保护运动在大学里发展的积极分子。几分钟后，保安围过来，挡住这群抗议的学生。不料，一个帅气的小伙子走出来，站在她们和保安之间。

“我以为就是一群文科傻妞在胡闹，原来有你撑腰。”李文涛指着来人的鼻子。这个人叫韩津，新闻学院播音主持专业教师，和李文涛同届，两个人一起留校任教。

“也许她们的愤怒不该在这里暴发，但这种愤怒本身并没有错。人类和几百万种动物生存在一起，不能唯我独尊。”身为主持人，韩津自然能说会道。

“什么叫唯我独尊？世界上还有那么多病人无药可医，哪有闲心去关心动物的权利。”

“你这话就不对了，南北战争时，美国白人中也有饥民，为什么还要去解放黑人？妇女争取政治权利时，男人也有吃不上饭的，为什么要去解放妇女？”

韩津不仅比李文涛高半个头，而且常年历练，在公众场合举止文雅，应对如流。再加上衣着得体，特别是言语间颇具逻辑性，那种气场一下子就把对手压了下去。门里门外，十几个手机在录像，李文涛完全成了对方的陪衬人。

“我们都有同样的担心，一个人每天都在摆弄动物尸体，就会把正义、尊严、爱情都当成神经元了吧？人的意识不过是一堆神经元，你是这样认为的吧？”

“意识？呵呵，它连神经元都不是，只是神经元之间传递的钠离子和钾离子。你这种科盲也配和我讨论科学问题。”

韩津一点也不生气。“我承认我是科盲，但是我想，如果你今天敢在无辜动物身上动刀，明天是不是敢在无辜的人身上动刀……”

李文涛冲上去，把韩津扑倒在地，再也不去维护教师的形象。

从此以后，杨真再没去过他的实验室。周末晚上，李文涛在校园的小径上拦住杨真。他与韩津、李瑾争吵的视频被传到网络上，已经成了小网红。当然，这个事件里九成的负面评论都朝着他劈头砸下来。

“杨真，这几天怎么没来？”

杨真没有回答，这么长时间，她还是第一次不愿意接对方的话。李文涛生活在自己的世界里，没察觉到杨真态度上的变化。看看四外无人，他一步跨到杨真面前，说话的时候，热气能够扑到杨真的脸上。

“有句话我一直想问，你……愿意和我一起走完人生吗？”

“不好意思，那天你说了个我忌讳的词。”

“什么时候？哪个词？”李文涛毫无思想准备。

能够对亲近的人说不，杨真第一次知道自己的内心何等强大。“妈妈是我最爱的人，她毕业于中文系。以前父母吵架时，爸爸总骂她是个‘文科傻妞’。所以，这就是我忌讳的词。”

“这个……你看，你又不是文科生……我也不是说你……”

“不，不管是不是针对我，我只是不想再像妈妈那样，而你太像我爸爸！去吧，去研究你的学问，去做心理学界的哥白尼。有了成果我会祝贺你，但请不要走进我的生活！我怕你这样的人，我害怕，你懂吗？”

李文涛在那里站了几分钟，都想不出该说什么。他完全没想到，杨真的态度变得这么快。因为什么？因为韩津那个小子的几句话？

“妈妈说过，我可以嫁一个科学家，但是要嫁一个……算了，不说了。”

卢红雅的原话是：你可以嫁一个科学家，但是要嫁一个有人味的科学家。杨真觉得这话太伤人，就收了声，单独离开。

她再也没见过李文涛，很快就听说他辞了职，手机号也被换掉，从此不知所踪。没人目击小路上的求爱戏码，大家都以为他是承受不了网上的咒骂，或者是因为觉得待在学院里没前途才离开的。

李文涛就此人间蒸发，会是因为被自己拒绝吗？杨真担心过，内疚过，但最后还是把他埋在了记忆的深处。

# 第二章　暴力本能

都说现在大夫们发了财，尤其是主刀医生，买车买房稀松平常。所以，老同学看到路建伟时眼神都不一样了，像是盯着个百万富翁。路建伟嘴上难辩，心里更有气。是啊，确实有不少医生发了财，但是轮不到他。路建伟擅长的手术叫作“扣带回损毁术”，只能根据公安部门的要求，对特殊人群实施，一年也做不了几次。

“扣带回”是人脑中的部位，参与情绪、记忆等心理活动。直到今天，医学家仍未搞清“扣带回”的全部生理机制，但不妨碍他们在半世纪前就发明出“扣带回损毁术”。如果精神病人性如烈火，严重危害社会又不能自控，损毁这个“扣带回”，通常能关上他们的暴力阀门。最近，这又成为一种戒毒手术。

那些受术者的亲人早就受够了暴力行为，对他们来说，不用再提心吊胆比什么都强。不过，这种手术效果明显，副作用也很严重。受术者会变得感情淡漠，麻木不仁。通常，路建伟只服务于各地安康医院，也就是公安系统内部的精神病院。

这天，路建伟来到北方某市参加学术会议，并主持学术讲座，向同行汇报成果。最近五年共完成十八例“扣带回损毁术”，他已经做到100%无副作用，这个记录在全世界都少有先例。

“请问，在电影《飞越疯人院》里面，男主人公墨菲接受的就是这种手术吧？”路建伟结束演讲，开始自由提问，一个小伙子抢过服务生递来的话筒，自称某网络媒体记者。

又是这部讨厌的电影！几十年前的老片子，怎么好像人人都看过？路建伟摇摇头，理直气壮地回答道：“电影里那是脑白质切除术，由于副作用强，已经废止了。”他用手指指眼眶，又指指鬓角，“一个从这里钻入，一个从这里钻入，希望你能知道其中的区别。”

“不管从哪里钻入，都要用破坏人脑来达到效果吧？”记者略过技术细节，直奔主题，“请问，接受‘扣带回损毁术’的人里面，有没有像墨菲那样变成白痴的？”

“朋友，我看过那部电影，知道你在讲什么。不管哪种精神科手术，严格来说都不会让人成为白痴，墨菲术后的表现叫情感淡漠。记住，受损的是情绪功能，不是认知功能，而且电影把手术后果夸张了很多，现实里完全没那么严重。”

晚饭后，路建伟独自离开宾馆，在街上散步。一边走，一边回味那些刻薄的问题。现在这些搞自媒体的人总喜欢找阴暗面，哗众取宠，恨不能剥开每个鸡蛋挑骨头。

走着走着，一辆车子在前面停下来，钻出一个西装革履的年轻人，隔着老远就向他打招呼，言语间热情洋溢。路建伟瞧着这个人很眼熟，却怎么也想不起对方是谁。看他这么诚恳，又没把自己的名字喊错，出于礼貌，路建伟不好意思问他到底是谁，含含糊糊地应酬了几句。

可是，那个人不光认识他，看来还挺熟。他走过来，拉起路大夫的手，就把他请进街边一家咖啡厅。“感谢路大夫，是您让我重新做人！”年轻人一坐下，就向路建伟夸张地抱抱拳，然后他指指右边鬓角，暗弱的灯光下，路建伟看到那里有块细小的疮疤。平常人都会忽略掉它，然而路建伟不会，那是做“扣带回损毁术”时钻入电极的地方。

顿时，路建伟前心后背都渗出了冷汗，难道自己曾经钻开过这个人的头骨！他是谁？怎么就是想不起来。

“……让我甩掉一个精神包袱，那感觉太好了。”年轻人说得眉飞色舞，好不热闹。路建伟心里打着鼓，有一句没一句地听着。他到底是谁？自己从未在医院外面见过任何一个受术者。那些人大部分都有刑事案底，要么在服刑，要么关在安康医院。寥寥几个能回归社会的，也都在亲属监护下生活，没有谁能像他这样活蹦乱跳地行走社会。而且看他的穿着打扮，不像是个闲散青年。

“你找到工作了？”路建伟一边应付，一边努力回忆对方犯过什么案子。是那个砍断父亲胳膊的逆子，或者是那个在群殴中咬掉对方鼻子的文身人，还是那个扯下女友一缕头发，连带撕下一片头皮的混混？

路建伟完全回忆不起来。他在手术室里看到的受术者，都处在深度麻醉后的昏睡中，并且剃了光头。手术时，他只能看到对方的头骨而不是相貌。大部分人术后马上被送回监狱，他并未做过什么回访。白天他宣称手术100%无副作用，那是警方提供的数据，意思是，那些人100%没有再犯案。

“是啊，我在一家建材公司当业务经理。”说着年轻人递来名片。上面写着“×××公司”“×××经理”，但路建伟没注意这些，径直去看那个名字——王明杰！王明杰……谁叫王明杰？看他年纪还不到三十岁，应该是这几年才做的手术。可到底是哪个？在不在那些“100%无副作用患者”之内？

这个不满三十岁的受术者，举手投足文质彬彬，谈吐得当。可是路建伟知道，损毁扣带回以后，这些人将不再有强奸、砍杀、放火、打砸财物的冲动，同时也不再想着金钱、权力、名气、婚姻家庭、物价涨落、股市高低，甚至不再关注亲人死活，他们会像截木头那样度过余生。

由于并不完全清楚扣带回的作用机制，这个手术的副作用从未被彻底克服过！所有受术者只是变得更安全而已。难道真有谁接受手术后，不仅镇了心中的邪念，还能进一步产生健康的追求？路建伟禁不住升起浓厚的研究兴趣。如果认真跟踪这个案例，可能会得到爆炸性的发现！

对面，王明杰还在热情地介绍自己的新生活。出院后如何应聘成功，如何升职，如何贷款买房，如何交上女朋友。“真的，这些全都靠您，可惜我刚知道您是主刀医生。”

夜深了，他们走出咖啡厅。路建伟很少来这种地方，一边跟着王明杰，一边听着他继续聊着术后经历。“那个东西，就是那个魔鬼，那种……打打杀杀的想法，早就没了，现在想想过去的事我就后悔。您这种妙手，能改造心灵，比切个肿瘤什么的高明太多了！”

难道自己无意中创造了医学奇迹？有可能的话，一定请这个王明杰回趟精神病院，作为个案好好研究研究。

正值冬天，过了晚上九点，天气阴冷，小巷里已经没有了人影。咦？怎么会在小巷里？路建伟这才发现，他们走出的不是面对大街的正门，而是咖啡厅后门。只顾听对方讲话，他根本没注意自己走在哪里。

“我一直在找您，今天终于找到了。”王明杰搓着手，跺着脚。

“可是，你怎么能找到我？”这些手术都由公安局安排，病人家属根本不知道谁是主刀医生。

“全国只有十来个大夫能做这种手术，要找您倒不难，只是没想到您能来我的家乡，让我遇到。”聊着聊着，他们又向小巷深处走了几十米，“我一直有个问题想和您探讨，为什么一定要去掉人的暴力倾向呢？”

“哦……”路建伟心里一哆嗦。他为什么要提这个问题？他怎么会想到这个问题？这完全不是他能提出的问题！

身边，王明杰仍然滔滔不绝。“要知道，暴力是人类遗传下来的天赋，是大自然通过亿万年选择留给我们的机能。没有强烈的暴力倾向，我们的祖先就会在森林里被野兽吃光。每个生存到今天的民族，都要感谢祖上拥有更多的暴力倾向。是他们杀光那些懦弱的部族，而不是被别人杀光。”

这哪是他能思考的问题？甚至，这都不是他该讲出的话。“扣带回损毁术”的受术者从小就有暴力倾向，往往因为在学校里犯纪律，不能认真读书，没有上过大学，更不可能产生这么深刻的思想。

路建伟正在左思右想，王明杰闪电般蹿过来，一只胳膊死死地卡住他的脖子，另一只手顶住他的腰部。路建伟顿时全身瘫软，站立不住，他拼尽全力掰着对方的胳膊。然而，这次王明杰并没有处在全身麻醉中供他摆弄。

怎么会这样？这个人的暴力倾向应该早就随着那块小小的“扣带回”消失了。路建伟想喊，却一点声音都发不出来。

“朝闻道，夕死可矣。所以要让你明白这个道理，暴力是人的本能，你不可能真把它切掉！”

路建伟从小埋头读书，别说打架，连吵嘴都没有过几次，更没有力气摆脱那道铁箍。一对情侣从小巷深处走来，看到这个情形，疑惑地停下来注视他们。王明杰搀扶着昏迷的路建伟，对他们笑了笑："我大哥喝高了，他就这样，酒量不行还逞能。"

几天后，路建伟的尸体被当地警方在上百公里外一个水塘中发现。解剖台上，法医困惑地检查着他身上那些伤口——躯干被锤打、胳膊被拧断、膝盖被砸碎、后枕部颅骨凹陷，体表上到处是瘀血，皮肤下面有明显的肿胀。

"凶手用什么凶器？棍棒还是铁锤？"刑侦队长也很少见过这么残忍的行凶方式。

"什么都没用，凶手徒手作案。"法医回答道，"不过，激发出这么大力气，凶手要么和死者有深仇大恨，要么是个躁狂型精神病人。"

◆ ◆ ◆

"谁是杨真？杨真是哪个？"

门口传来粗声大嗓的询问声。杨真从一张电脑桌下钻出来，掸掸身上的尘土。进来的警官叫龙剑，看到面前站着个女警官，声音柔和下去。“哦，我还以为杨真是男的。”说着，龙剑递给她一个零件箱，“主任让你把这个装上……主任没搞错？”

“没错，忙你的吧。”杨真接过零件箱，朝他撇撇嘴。

不管怎么吃，怎么锻炼，杨真都没长够一米六，钻到办公桌下面去接线路，身材正合适。只不过一个女生摆弄电脑、打印机和路由器的场面，大家很少见识过。他们以前都在其他科室当笔杆子，习惯让后勤人员处理技术活。现在调进这个刚组建的新科室，人手少，什么都要自己动手。除了从科技处调来的韩悦宾动手能力比较强，其他人经常要找杨真帮忙。

这个刚在公安部里组建的机构叫作“高科技犯罪问题调研室”，主任李汉云来自人民公安大学，研究高科技犯罪问题十几年，是这个领域的学术带头人。七年前杨真考上他的研究生，现在跟着一起调任到岗。

算上刚满50岁的李汉云，新科室只有七个人。迟健民35岁，来自公安部政策室，专门研究科技预测。龙剑34岁，来自禁毒局，有过实战经验。史青峰31岁，法学博士，研究克隆人的法律定位。杜丽霞32岁，以前做《人民公安报》编辑。韩悦宾30岁，来自科技司。杨真29岁，犯罪心理学博士。还有一位同事正在路上。

这个几年后产生深远影响的机构，最初只有这一屋子人，论年纪也是不大不小。别说外界，部里许多人都不知道成立它能做什么。地方不够，他们就暂时在一间废旧礼堂办公。后勤人员临时突击，将礼堂隔成四个小间，一间留给主任李汉云办公，一间作为会议室，剩下六个人分用两间办公室。

上级为这个新科室购置了办公器材，都根据保密要求进行过改装。电脑拆去光驱，封掉USB接口。全科室只有李汉云的电脑有输出设备，其他人的电脑只能使用局域网互联，也只能联上公安部网站。甚至，他们每人都要有两部手机，上班时在门口缴出私人手机，换取办公专用手机。

为了搞定这些新设备，韩悦宾和杨真成了大忙人。韩悦宾倒没什么，以前就与各种刑侦器材打交道。杨真手脚麻利，让新同事大为感叹。“女同事很少有像你这样能装设备的。”最后还是杜丽霞道出了大家的感受。

“主要是我钻桌子方便。”杨真爬出来自嘲道。除了史青峰算她的师兄，新同事她以前都不认识，介绍了一遍也没记住。很快，主任李汉云走进来，一年前他还是杨真的博士生导师，犯罪学专家。

“设备都接好了吗？”李汉云问道，“小杨，小韩，投影仪可以用吗？”

“可以。”

“好吧，今天你们先忙到这儿，咱们开个业务动员会。”

杨真给李汉云搬了把椅子，其他人拉着椅子，环坐在主任周围。在这间还没有布置好的会议室里，他们更像一群师生在讨论问题。

“调你们过来。是因为你们几位或多或少研究过科技犯罪问题。咱们这个科室的功能，你们都清楚吗？”

“协助公安部调查高科技背景的犯罪案件。”迟健民回答道。

“研究与科技犯罪有关的法律建设问题。”史青峰也没说错，都是调令上的内容。

“你们说得都太正规了。”龙剑摊了摊手，“依我看，就是研究怎么防止出现新的科学怪人。”

“大家说得都对。”李汉云拉回话题，“现在我考考你们，世界上哪国的科学家最多？”

“那还用问，当然是美国啦。”史青峰话音落下，发现没人响应，犹豫起来，“难道……不是？”

其他人都怀疑这个答案的正确性，但也都拿不准。李汉云自己揭了底：“这个问题有两种答案。一是拥有理工科文凭的人数，按这个标准，2008年中国超过美国，成为世界上科学家最多的国家。现在又过了几年，有多少人？7500万！”

几个人都猜到了答案，但仍然为这个数字所震惊，身边什么时候钻出这么多理工科人才？

“不过，一个人有文凭，不等于就在干专业，很多人去搞行政或者经商。所以学术界还有第二个标准，只统计当年实际承担科研课题的人数。按这个标准，2013年中国科学家超过美国，成为世界第一。”

一群警官，一群犯罪学专家，当然不是为歌颂中国科技队伍如何强大才讨论这个数字。“7500万啊，相当于一个德国。是的，这群人的素质肯定高于社会平均水平，但即使按最近一年中国犯罪率的十分之一来计算，这个群体里都会有几千人是潜在的犯罪分子。而且，他们掌握着普通人不具备的犯罪条件。”

二十年前，日本奥姆真理教徒使用化学毒剂进行恐怖袭击。中国公安部以此为鉴，集中一批犯罪专家，分析各地那些有科技背景的遗留命案。有的犯罪嫌疑人自行配制受到监管的化学毒剂，有人将犯罪现场伪造成工业事故或者实验事故。这些都是多年没有侦破的案件。

李汉云参加了那次会议，他记得一位前辈在会议上发过感叹。靠公安部门当时的技术条件，这些案件几乎不可能找到犯罪证据。“他们不是小偷小摸，不会来持刀抢劫。他们有知识，他们要想干坏事，对社会的危害要大得多。”

十年前，李汉云的妻子，法官沈玲亲自审理过一个案子。某科研院所编制方案，获得两亿元科研经费，实验最后以失败告终。所里有人举报，这个实验从一开始就是为了骗取经费设计的，根本不可能成功。刑侦大队、经济侦查大队都立案侦查。因为实验室规模很大，并设有党委，上级纪委、检察院也都介入了此案，结果一无所获，所有执法人员都证明不了那个实验是否必然不成功。

沈玲和丈夫探讨过这个案件，他们觉得，如果立法者和执法者都是科盲，科技犯罪就会成为法外之地。李汉云专注于此，成为国内研究科技犯罪的头号专家。但那仅仅是学术上的专家，他要在实践中也闯出一条路子，这便是调研室的起源。

手机铃声响起，李汉云示意大家等一下，转身出去。没几分钟，他带着一个高挑的女人走了进来，她还穿着香港警察制服。李汉云把她请到面前。“这位是蔡静茹，刚从香港网络安全与科技犯罪调查处过来支援我们。”

“我是蔡静茹，不工作的时候，你们可以叫我的英文名字，Kati。”

众人纷纷自我介绍。“今后大家都是同事，投影仪装好了，就请蔡警官给我们上第一课。在实践方面，香港同行走在我们前面。”

蔡静茹38岁，除了皮肤更黑外，很像港片里的女警官，气质很好，她主动和一圈人握了手。天色渐黑，杨真去给大家订了餐。等她回来，蔡静茹已经站在投影仪前。画面上是一片海滩，一个铁架竖在那里，上面的东西大家都认得——火箭，只是比“长征系列”小上几号。几个年轻人在那里忙碌着，用他们的身高做对比，火箭只有四五米的样子。最后，这群人散开，火箭点火升空。

蔡静茹让画面定格，解释着上面的内容："一年前，几个香港宇航爱好者制造出了这枚火箭。警方制止了它的发射，因为香港地区人口稠密，掉下来很危险。后来他们得到泰国警方允许，在海边朝着大海进行了试射。火箭最后突破了卡门线，也就是离地面一百公里的太空边缘。现在你们猜，制造它要花多少钱？"

两百万？

一百五十万？

不是美元，是港币？

"一共53万港币！"

等屋子里的惊叹声过去，蔡静茹接着往下说："这是网络上宇航兴趣小组的成果。他们来自许多国家，还有不少中国人。几年来，他们一直在讨论怎么用更便宜的技术制造运载火箭。还把各种领域里面的相关技术摆到网上，大家一起分析研究，搞系统集成。我们估计，如果恐怖分子里面有技术专家，并且找到这些蓝图中的所有零件，就可以用不到一百万美元制出短程地对地导弹！"

十几年前，香港警方就成立了针对网络犯罪的部门，后来发展为网络安全与科技犯罪调查处。蔡静茹一直在那里工作，现在，她要把经验带到一个更大的平台上。

“我相信，以内地现在的科技和工业规模，香港出现过的这些问题，这里都会出现，而且规模会大得多。香港没有的，这里也会出现。所以我愿意和大家合作，推进对科技犯罪的防控。”

地上还散落着泡沫塑料填充物，空气里甲醛的味道还没散尽，大家坐在杂乱无章的环境里，一边吃晚饭，一边交流。蔡静茹讲完后，龙剑也发表了自己的见解。

“麦角酸和摇头丸，最初都由医学家发明，很长时间被精神科医生用于正规治疗。等发现它们有极大副作用后，各国明令禁止，但它们已经流散到社会上无法控制了。这两样东西都不是天然制品，没有现代科学，它们发明不出来。这就是科技成果误用导致犯罪的例子。”

杜丽霞也讲了自己的心得：“从20世纪70年代开始，美国人卡钦斯基频繁向科研机构和大专院校投送邮包炸弹，总共导致三人死亡，十几人受伤。这是针对科研机构和高科技企业进行犯罪的典型案件。这种针对科研机构的无差别恐怖袭击，在任何地方都有可能发生。”

杨真也介绍了自己研究的一个案例：“前不久，恐怖分子在德国法兰克福金融大厦中央空调里投放沙门氏菌，这是用高科技手段进行犯罪的典型案件。”

部下历数各类案例后，李汉云做了总结。

“科技强国这条路，中国肯定要走下去，不会再回头。很快，我们在许多科技领域都能达到世界一流水平。上面这些麻烦，今天只是发达国家要面对，以后我们也要面对。你们的任务就是要总结这些高科技犯罪案件，给有关部门作为决策依据，未雨绸缪！”

杨真和蔡静茹、杜丽霞这三个女警官分在一间办公室里。散会后，杜丽霞悄悄问杨真：“你和主任熟，他的意思是不是说，以后咱们就待在这里专门搞研究？”

“可能吧，但不一定必须待在屋子里。”

杨真在这群同事里最小，不便发表意见。那时候她也认为，将来自己会和在公安大学一样，终点是某个学术头衔，等头发斑白以后，她会坐在书柜前让记者们拍照，面前摆着几本自己的专著。

◆ ◆ ◆

“怎么不在白天实施抓捕？晚上若稍有疏漏，极有可能造成嫌犯逃逸。”

五里营派出所所长接到市局刑侦队电话，要他马上围捕一个潜逃到本镇的毒贩。听到反问，刑侦队长解释说，这是临时得到的线索，来不及等天亮。此人和‘旌旗岭专案’有关，是部里的要犯！“你们所里的人都要派出去，叫上协警，带上警犬，里外拉几道网！一定让他在我们这归案。”

繁华城镇五里营位于云南边陲一个少数民族自治县，一条公路穿过镇子直通缅甸，把各族人甚至各国人都聚集到这个方圆三平方公里的重镇上。这里不光是经贸大镇，也是当地反毒工作的前沿。派出所民警除了负责一般治安，还经常要配合上级抓捕毒犯。

这次要抓捕的犯罪嫌疑人叫王文龙，原籍湖北，最近几天刚潜到云南。根据这条路线判断，他明显是准备越境。王文龙只是毒品链条末端的小角色，本人也是瘾君子，贩毒不为赚钱，只图以毒养毒。之所以如此受重视，在于他是公安部“旌旗岭专案”里唯一失踪后又被发现的人！

两年来，全国各地警方陆续发现有涉毒人员神秘失踪，几乎都是最底层的吸食者，即使曾经腰缠万贯，失踪前都已经分文不名。大部分失踪者以前流浪在车站码头，无异于乞丐。失踪地点北到黑河，南到广西北海。所有失踪人员生不见人，死不见尸，彻底从人间蒸发。

这些人失踪前，甚至并非当地反毒机构布控的重点。由于涉毒过深，人弃鬼厌，失踪后也没多少亲属报案。按理说，这些案件破与不破，并不存在多大的社会压力。不过他们毕竟是人，更何况，这么多身份类似的人失踪，在刑侦部门看来的确也非同寻常。禁毒局侦查处专家反复核对案情，认为这些失踪案之间可能有某种内在联系，预示着毒品犯罪的新动向，公安部遂将它列为重大案件，凡与该案有关的信息会随时通知全国公安部门协同侦破。

公安部门给大案、要案起代号，通常以“案发地加案发时间”为标准。但这些吸毒者失踪案范围甚广，相隔时间也很长，无法用这种模式起名，专案组遂用第一起案件发生地“旌旗岭”作为名称。

从那以后，这期间新出现的类似案件都被归于“旌旗岭专案”。整整半年后，才有第一个失踪人员被发现，这个人就是王文龙。他已经失踪几个月了，几天前才被湖北某地警方发现，旋即又失踪，复又在贵州被当地警方发现，但马上又摆脱追踪。这样时隐时现，最后出现在本镇。

此地离边境已经不远，不容有失。所长身在基层，并不清楚“旌旗岭专案”的细节。但他知道这个专案级别很高，相关的犯罪嫌疑人肯定很重要，当下便组织精兵强将直扑目标。

王文龙潜身在一片新建小楼里。这些小楼都是由当地人在原址上加盖，租给外地人做生意的。布局歪斜，空间狭窄，各种电线随意架设，杂乱无章。此时已过晚上十点，大部分商店要么关门闭户，要么只有房东一家围在楼下喝茶闲聊。所长带着十几名警员和协警，迅速将目标小楼围个水泄不通。周围居民都认识他，知道这里有情况，立刻知趣地躲开了。负责盯防的警员向他汇报，目标嫌疑人还在楼上。

“注意别开枪，大家马上行动！”

就在所长发令的同时，三楼一扇窗户突然打开，一个人凌空跃下，先跳到二楼墙外的空调盖子上，再跳到下面的院墙上。单足一点，落在后面的小巷里，仿佛杂技演员，身形之快让人眼花缭乱。

不过，后面小巷里早有三名警员蹲守，一看目标跳下，立刻手持警棍合围过去。嫌犯迎头向警察冲过来。小巷本来就窄，三个人横起来并排站好，再张开胳膊，早堵个严严实实了。

不料，此人居然从三个人的缝隙中泥鳅一般钻了过去。每个人都觉得有把握抓到他，但都抓了个空。大家只觉得眼前一花，王文龙已经幽灵般消失在背后。

“他往后山跑了！”一个警员大喊起来。

参加围捕的人都没沾到嫌犯的衣角，眼睁睁看着他消失在夜幕中。众人碰了个头，认为是天黑影响了抓捕效果，外加有些大意。另外，有两只警犬已经咆哮着朝王文龙消失的方向追下去。警员们在后面紧跟，虽然越来越远，但是仍然能听清楚。

突然，咆哮声在夜空里戛然而止。半分钟后，高举电筒的警员们找到镇后小坡上，看到两只头破血流的警犬。它们的眼睛都被打瞎，口鼻喷血，奄奄一息。

犬类有个先天弱点，必须头部朝前才能攻击敌人。如果对方不躲不闪，迎上来用硬物猛击犬的头部，作用力和反作用力叠加，会给犬类造成重创。然而很少有人能反应得这么快，所以对于警犬来说，这个弱点几乎等于不存在。

但今天的情况却不同！

大部分警员去追逃犯，所长带人冲进王文龙隐藏的房间，翻查现场。里面乱七八糟，不过没有他熟悉的吸管、过滤瓶之类吸毒必要的设备，反而触目惊心地堆着吃空的方便面碗、食品袋，有的面碗里还残存着汤水，饮料瓶散落各处。

难道这里还有别人？吸毒人员食欲严重下降，一个人不会吃下这么多东西。王文龙才来本镇，两天就能吃这么多？

桌子上摆着一只碗，里面盛着一点白色粉末，碗周围还撒着同样的粉末。如果是毒品的话，这个量的案值可能要上万元！所长抓捕毒贩多年，也没有一次见过这么多毒品。但是它又不像他认识的任何一种毒品。四号？K粉？可怎么看怎么像食盐。

所长让部下看好现场，又去指挥抓捕行动。十几个人拦不住一个半死不活的瘾君子，让他脸上无光。为了协助抓捕，镇上民兵都出动了，大家拉开网，漫山遍野搜下去。

凌晨时分，两个民兵在几公里外的山涧旁找到了王文龙。这位刚才还能蹿房跃脊的绝世高人，此刻早已口吐白沫，躺在地上死去多时。

很快，王文龙桌上那些粉末被县公安局化验出来，只不过是普通的工业用盐。

# 第三章　超人制造者

“你们知道吗？在我们学院有句话，人类有三种性别：男人、女人、女博士。所以这些女博士……”

韩悦宾正给两个男同事讲段子，杨真推门进来，拿着刚打印好的资料：“大迟，这是你要的资料。龙剑，这是你的。然后你……”杨真点着韩悦宾的鼻子尖，故作气愤，“以后有事自己去弄，本女博士不伺候！”

“我错了，我错了……难道你也是博士？”

“干吗？瞧不上人民公安大学的博士文凭？”

“哪敢啊，不过听说他们有规定，女博士考生身高得够1.6米。”

“在职考生1.58米就行。”斗起嘴来，杨真毫不退让，“不怕你说我矮，怎么，还有什么软肋要捅？需要的话我提供给你。”

“我彻底服了。”韩悦宾站起来，鞠了个九十度的躬，然后装作直不起腰的样子。

“幸亏没让Kati姐听到，她也是博士。”杨真压低声音提醒他。Kati是蔡静茹的英文名，她是耶鲁大学的法学博士。

小小的调研室就这样开了张。最初，他们就埋头在学术研究中。《中国高科技犯罪趋势前瞻》《西方科技界与公众利益冲突要案分析》《舆论对科技恐惧的助推作用》《科学工作者的法制观念》……几个人按照李汉云的要求研究资料，撰写报告。主任要把它们上交到哪些主管部门？能产生什么作用？大家一时还不清楚。也许，目前国内还没有什么大案、要案与高新科技有关，弄这个调研室是给未来做准备的。

除了完成课题，李汉云还要安排全室成员轮流举办小讲座，既能交流专业知识，也能让大家互相了解。这天，轮到杨真主讲心理学。虽然在警界资历很浅，但她上过讲台，站到大家面前一点也不犯怵。

“人们都在问，理智对人类有用，但情绪呢？喜怒哀乐除了给生活添一点色彩，还有什么实际价值？它们是不是进化过程中的废物？一些哲学家、文学家、科学家，都有这样的疑问。”

杨真按着电脑上的翻页键，背后的投影仪上出现动态的人体体液循环示意图。“我们每天输入几百种化学物质，葡萄糖、盐、酒精、脂肪……自身还能产生上千种，激素、肾上腺素、血清素、多巴胺……所有这些化学物质通过体液到达全身，作用于特定的组织和器官。这就是体液调节。”

除了干过扫毒工作的龙剑和学过生理学的史青峰，其他人对这些知识也不陌生，不过是中学生理卫生课上的基础内容，但接下来就不是了。

“情绪是我们对全身体液调节的心理反应，它们驱动着我们的身心，有的让我们兴奋，有的让我们紧张。是体液调节让我们行动起来，而相应的内心感受就是情绪。如果听不明白这段内容，回去喝上半斤白酒，你就懂了。”

听众们投以会心的微笑。

“相反，理智是我们对神经调节的反应，它迅速、精确、短暂，而情绪缓慢、弥散、持久，这就是理智和情绪的区别。一个是方向盘，一个是油箱，两者缺一不可。”

用了半小时，杨真把理智与情绪的生理机制讲给大家听。

“你说得真好！”

“生活中好多我不懂的现象，听你这么一讲就明白了。”

……

“多谢鼓励。”杨真微笑着回答。等大家散去，她又想起李文涛，这都是他的观点。学得越久，钻得越深，她越认同他的理论。沿着那条路走下去，李文涛本可能成为杰出的心理学家。只是，现在她就是想给他版权费，都不知道怎么找到他。

杨真在惆怅中回到办公室，坐在那里发了好一阵呆。忽然，外面传来李汉云的声音：“蔡静茹，杨真，你们过来一下。”

办公区只有巴掌大，李汉云要找谁，都是站在自己门口直接喊人。两名部下马上来到主任办公室，李汉云关上门，兴奋地搓着手。

“来来来，天天写文章，肯定烦了吧？静茹，你提交的报告很重要，我和部里协调过，派你们去调查那个组织！记住，你们不是刑事警察，没有执法权，只是去摸个底。如果他们有违法犯罪动向，及时回来汇报，刑事警察会跟进。”

◆ ◆ ◆

湖州广场位于市中心，刚改造成步行街。人来人往，好不热闹。繁华的广场不仅吸引市民和游客，也吸引乞丐。这天，一个六十多岁的男人蹲到路边，在方砖上写下几行字，铺开一块旧毛巾，一身破衣烂衫和一副皮包骨头的身材，已经摆明了他的身份。

经常在广场上遇到各色乞丐，路人对他们只有好奇，很少有人解囊。几个逛街客围上来，想看看这人能搞出什么新花样。这一看不要紧，几个人顿时议论纷纷。原来这个老人写道："我父亲高玉贵是太行山五英雄之一。因本人长期患病，导致家境贫寒，无以度日，特转卖父亲独立自由勋章一枚。"

"是不是骗子啊，他父亲要真是高玉贵，还不得高干待遇？"

"不大像啊，骗子敢冒充'太行山五英雄'的后代？小学课本就有他们的事迹，中国人谁不知道。"

"高老英雄要是活着，应该九十多岁啦。论年纪，这人倒是像他的儿子。"

“你们有谁认识过去的勋章？看是不是真的。”

……

一时间消息传开了。之后到中午时分，一个报社记者跑过来。“太行山五英雄”之子沦落街头，变卖父亲勋章为生，这可是条大新闻。记者挤进人群，向老人表明身份，想请他去报社聊聊。行乞者睁着浑浊的眼睛望着他，摇摇手指。“我就是换点钱花，去报社做啥？”说话间，露出一嘴黄黑色的牙齿。

无奈，记者掏出手机给勋章拍了张照片，转身离开。几分钟后，又有个小伙子挤进人群，打量一下那枚勋章。“这是真品吗？”

“龟儿子才骗你。”行乞者瞪圆了眼睛。

“您老别生气，褒贬是买主嘛。”

小伙了不避脏臭，贴到老人的耳边说了几句。后者惊问：“真的？”

“当然是真的！”

“那你现在就给我。”说着，老乞丐的手已经伸到小伙子眼前，贪婪之情令旁观者为之侧目。这人如果真是高老英雄的儿子，简直把他的脸丢尽了。

小伙子往周围一指。“您瞧，周围这么多人看着，我现在把这么多钱给您，您能走出三百米吗？咱们去个没人的地方。”

不一会儿，报社记者带着编辑部主任往这里跑来，边跑边说：“我在微信上请专家看过照片，那是一级独立自由勋章，全国才发过三百多枚，肯定是真的。咱们再去认认。”

他们一边疾走，一边议论。可惜到了现场，只看到方砖上那几行粉笔字，人群已经散去。他们甚至找不到人来询问行乞者的去向。

◆ ◆ ◆

“展台要和大门摆成七十度角，让观众进来后看到模特侧脸上的金属光泽。”

“小心，那是人类与牵牛花基因的混合体，很脆弱，不要弄折了。”

“‘荧光人’周围灯光不要太亮，它发出的荧光没那么强，太亮了观众会看不到。”

七十二岁的拉格涅夫带着汉语翻译，精力充沛地指挥一群青年学生布置着展品。这个展览的中文名称叫“赛博格元年”。大街小巷里没几个人知道这个词的含义，好在展方也不准备给贩夫走卒们观看自己的杰作。

“赛博格”是英文单词“Cyborg”的音译，这个诞生没几年的新词，是“神经控制装置”（Cybernetic device）与“有机体”（Organism）的混写。最初，它是指把电子元件或者金属机械与人的身体联结起来的技术。如今，所有用技术手段改造人类的设想——从克隆人到硅酮乳房——都可以归于“赛博格”范畴之内。

周围灯光明亮，让拉格涅夫忘记了真实的时间。他像车轮一样在展厅里转个不停。终于，开展时间到了，一群慕名而来的宾客陆续走过来。他们多数都很年轻，很多人还没有大学毕业。观众们看着，评论着，杨真和蔡静茹也混在人群里，打扮得像两名物理学院女教师。

人多起来后，拉格涅夫开始演讲。在他面前的讲台上放着几部手机，杨真认识最后的苹果智能机，认识诺基亚翻盖手机，认识再早的摩托罗拉，甚至能认出大哥大，但是最前面那个大家伙她就不认识了。

“那是苏联工程师库普里扬诺维奇发明的‘阿尔泰’，是世界上最早的手机。”蔡静茹小声说道。

“手机不是美国人发明的吗？”

“俄国人不这么认为。”

展览主办方和主要嘉宾都来自俄国，杨真便不再多问，显然这也不是一次俄国手机成就展。等大家静下来，拉格涅夫开了口：“你们看，从1957年到现在，半个世纪，无线话机已经变得面目全非，可我还是一个靠伏特加为食的生物。”

大家回报着善意的掌声。

“三万年前人类就是现在这个样，三万年后，我们的脑容量没增加，反应速度没减少，体力没变大，手可能还不如当年灵敏。但是我们手里的家伙，已经从石器换成了这个！科技时代，一切都在飞速变化，只有整个技术系统的核心——我们人类本身还是老样子。这种状态能持续吗？我看很困难。”

拉格涅夫简单开场后，各国嘉宾纷纷上台，围绕这个主题进行讲解。有的呼吁用基因工程创造完美的新一代人类；有的希望研制更多的人造器官；有的只想把人脑与电脑并联，直接脑控机器设备。

“围绕着科学这个主题，境外有很多奇葩组织。”蔡静茹给杨真介绍着经验，“有的组织想让科学跳跃式发展，有的组织坚决抵制科学进步。他们这些表演，估计以后在内地都能看到。”

她们自然不是来凑热闹的，这里讨论的话题涉及许多法律禁区。这个超人协会只是想聚众清谈，还是真要做什么？如果是后者，有没有触犯法律界限？这就是她们此行的任务。

蔡静茹在多元化的香港供职多年，见惯了这些组织的表演。来到高科技犯罪调研室后，她的第一篇报告就是介绍境外这些组织的现状，包括它们的宗旨、成员以及与各国政府的冲突。报告提醒内地安全部门，对他们要早加防范，不能把他们当成一般学术团体或者非政府组织看待。

“这些组织处在一个连续线上。一个极端可能是会制造克隆人，另一个极端可能是会向科研机构寄送炸弹。这两个极端都在试图越过法律的界限。”

两个人伪装了身份，并不需要伪装知识。杨真本身就攻读生命科学，有些主讲人的知识还不如她来得扎实。

杨真的英文很生硬，蔡静茹在美国留学，能讲出不少当代双关语。她们就这样混在人群里，边听边聊，看到年纪稍长、有些分量的嘉宾就去结交。

入夜，论坛在余兴中散去。送走所有观众，拉格涅夫心满意足，他又回头看看展厅。大门对面墙壁上贴着主题标语板，上面分别用中、英、俄、日、韩等文字书写着同一句话：

相信技术力量，人类需要进化！

是的，那就是他的信仰，拉格涅夫满意地把厅门锁上，转身离开。展厅里有不少原理上骇人听闻的展品，不过它们并非实物，那些黑技术还属于未来，现在根本制造不出来，这里摆的都是模型道具。

这是一幢写字楼的底层。已经过了午夜，拉格涅夫反而精神抖擞，乘电梯来到顶层，那里有家二十四小时营业的咖啡厅。拉格涅夫挑了靠窗的位置，服务员送上他平时惯点的红茶与糕点。拉格涅夫品着红茶，望着窗外的万家灯光。虽然夜静更深，北京这座不眠的城市至少还有几十万人在工作。这里不是欧洲，商店在周末不会休息，很多人为事业熬红了眼睛。这里还是全世界无神论者最多的国家，研究生命科学时没那么多禁区。

“是的，我的理想需要这样的土壤才能生根开花，选择来这里没有错。”拉格涅夫暗想。

他环顾四周，好心情忽然被破坏了。咖啡厅入口处坐着个中国人，悠闲地看着手机。他确信见过这个人，是今天第三次，不，第四次看到他，而且不是在同一个地方。

拉格涅夫不仅是道行高深的生理、心理学家，而且在苏联时代秘密服务于军方，受过基本的情报训练，其中包括辨认和记忆人脸。十四亿中国人，两千多万北京人，一天内四次与同一个陌生人碰面的可能性有多少？

拉格涅夫把脸转向窗外，面沉似水，心里飞快地盘算起来：“中国人为什么要盯着我？他们知道我的来历？不，现在的我和过去没有任何联系。一个退休老人，他们没必要关注我。不过，如果真因为那件事的话，他们接下来要干什么？”

想来想去，拉格涅夫决定先验证一下这个猜测，万一自己搞错了呢。于是拉格涅夫掏出手机，摆出接听电话的架势，嘴里振振有词。他忽然站起来，一边用俄语说着什么，一边向外疾走。路过门口时递给服务员一张百元大钞，示意自己正忙，对方不必找钱。

出门后，拉格涅夫飞快地走进安全通道，隐伏下来转身往回看。果然，那个中国人跟了出来。是的，他不会马上站起来跟踪，午夜的咖啡厅里没几个人，那样做太明显。这个中国人磨了半分钟后才走出咖啡厅。他看看电梯间，电梯还在楼下，没人按过键。他知道拉格涅夫没从那里离开，转身走向安全通道！

拉格涅夫返身朝下面走去。这里是顶层，他没有体力一直走下去三十层，刚到下面一层便推门离开。这里有一条走廊，两边都是写字间，被一些小公司租用着。二十出头的年轻人进进出出，仿佛现在正是早上十点钟。这么多中国人都得熬夜，他们都需要我的帮助！

拉格涅夫稍稍分了下神，然后又集中注意力，七拐八绕，发现有个姑娘拿着文件夹走出电梯间，便抢在门关上前挤进电梯。

那个中国人没跟来，看来已经被甩掉了。不管怎么说，自己确实被跟踪了。这是怎么回事？要不要和协会商量一下？带着这些疑问，拉格涅夫乘坐电梯降到了底层。

其实，这位年过七旬的老人并没有能力摆脱跟踪。

只是那个跟踪者刚跟出安全通道的门，便有三个中国人成“品”字形迎了上来。“叶缅年科先生。”为首的一个人用俄语叫出了他的名字。

跟踪者迟疑了半秒钟，想不承认自己的身份，拉开步子朝走廊里面走。说话的中国人很坚决地挡在他面前。“叶缅年科先生，我知道您是谁，还是请您和我们谈谈吧。”

拉格涅夫搞错了，跟踪者虽然是黄种人，却并不是中国人。在这座城市里，这一点很容易迷惑别人。

# 第四章　旧梦重温

恐惧在这座中部大城市的灰色地带漫延着。据说有个神秘人物，或者有个神秘组织，专朝“粉友”下手，遇到他们的吸食者都失踪了，没人知道他们长什么样。至于失踪人数，有人说最少能有两百，有人说早就超过了四百！

其实，公安部禁毒局侦查处之所以把这些天南海北的失踪案联系到一起，确认它们有内在联系，最初也是因为贩毒集团内部特情人员的汇报。他们不约而同地发现，有个神秘人物以高于市价一倍的钱向底层毒贩求购毒品，或者以低于市价一倍的价格向底层毒贩兜售毒品。如果这个毒贩单独去交易，就会失踪。如果几个人结伴去，对方就不露面，此后更是不在这个地方现身。

最初，不同团伙都认为是对方的人搅生意，抢地盘。后来，失踪的人越来越多，而且分属不同团伙，有的势力多年敌对，现在都有人失踪，也全都否认是自己下的黑手。于是，毒枭们又认为神秘人是在谋财害命。但是毒品链条末端的交易量仅以克计，交易金额往往不足千元，吸食者身上也带不了多少现钱。

更要命的是，所有失踪者到现在都没找到尸体。他们又不可能去报警，于是，神秘帮派的作案动机和作案手段就越传越邪乎。有人说他们是被抓去给邪教献祭或者炼药的；有人说神秘人使用迷魂药，往你肩膀上一拍，你就乖乖跟着他走。特情人员得到这些线索，秘密汇报给公安部门。警方通过研究，也认为这些案件有内在联系，“旌旗岭专案”从此诞生。

这天，黑老大“平哥”把几个干将召到自己家里，商量对策。有绰号“东子”的打手，有保镖头目“大强”，有分管毒品下线的阿涛。

“我到处派人钓这条鱼，今晚约咱们看货的八成就是他！”平哥把香烟甩给弟兄们。

“平哥，这事咱们别管，失踪的都是小角色啊。”东子犹豫道，“况且，现在也没有咱们的兄弟栽给他们。”

贩毒和传销异曲同工。一个人沾上毒瘾，不管腰包鼓不鼓，时间长了就会无钱购毒，便引诱亲朋好友吸食，从此成为毒品链条上的一环。这些小毒贩挣不了什么钱，基本上只供自己吸毒。所以在这个体系的最下层，吸食者和贩毒者根本分不清，只是构成贩毒金字塔底座的石块。

平哥端坐在尖顶上，本来无须管这种事。“不能这么想，这地方要是经常出这种事，道上的人怎么和咱们做生意？”身为领袖，平哥果然高瞻远瞩，“盗亦有道，要讲规矩！东子，你长得干巴瘦，别人不容易防备你，今天晚上就你去接货吧。”

外号“东子”的小喽啰胆子大，出手狠，唯独身材瘦弱，貌不惊人。今晚要他去送货，就是希望对方减少防备。但是这个神秘人太不同寻常。东子一听，话音就有些哆嗦。“平哥……放心，我去就是。不过……听说他会特异功能啊，还能撒迷魂药，能下咒。”

“鸟特异功能，纯瞎扯。大强带人掩护你，还怕他？”

大强原来是省体工大队的摔跤运动员，还拿过全国比赛的名次。退役以后生活无着，承蒙平哥赏识，就当了他的贴身保镖。大强身高一米九，体重超过二百斤，打起架来没有花拳绣腿。每次格斗，只要抓住对手腰带，拎起来往地上一摔，一般人十有八九都能背过气去。

开着宝马、奔驰，大摇大摆到废旧厂房交易毒品？那只是电影情节。东子和神秘人约的地点是一幢烂尾楼，高达三十五层，主体完工后，开发商资金链断裂，停摆多年，周围的人都不知道房主是谁。五层以下住进不少流浪汉和民工。烂尾楼附近不算偏僻，白天也是车水马龙。入夜，周围几百亩工程用地黑乎乎一片，只有烂尾楼最下面几层亮起点点烛光。

烂尾楼由高墙围挡，外面摆着几个小食摊。离约定时间还有两小时，东子骑着摩托车来到这里，走到一个烤肉摊前，叫了肉串、炸臭干和啤酒。这是黑道上的一个固定交易地点，摊主就是长年在这里把风的同伙。他小声告诉东子，半小时前有个年轻人上去了，很壮实，看外表好像就是传说中的神秘人。

按照计划，东子要在这里慢吃慢饮，消磨时间。如果有便衣跟踪，这样容易把他们暴露出来。到了十一点，同伙开始收摊。确定周围没有便衣后，东子摇摇晃晃站起来，大声问："老板，哪有厕所啊？"

"大老爷们要什么厕所，"摊主指着一堆建筑材料，故意提高音量，"去那边吧。"

材料堆后面的墙上有个破洞。东子消失在后面，弯腰钻过去，跑进烂尾楼。他顺着楼侧的梯阶往上爬。下面几层里传来吆喝声，几个民工正在打牌。听到走路的声音，有人抬头看看他，谁也没当回事。

再往上走，风声劲了，人声小了，灯光暗了，夜幕仿佛也更黑了一层。十楼……二十楼，慢慢地，东子两腿像灌了铅，两步一歇，三步一停，好不容易才挨到顶层！选择这么个地方交货，也是为了进一步甩掉便衣。夜深人静，在这种地方实施跟踪，不熟悉地形的人极易搞出声音。

快到楼顶了，东子听到上面脚步声响个不停。那人一定等急了吧？买家和卖家不能同时进入交易地点，这是道上的规矩，对方应该知道。也许这人并没有什么特别，只是缺钱了，急着出货。

果然，两小时前就爬上去的年轻人一直等在楼顶，焦躁地转着圈。黑暗中，东子看不到他的脸，只能看出他的身材确实很结实，像个健美运动员。两人见面后对了一下暗语。年轻人掏出一个小包，“钱带了吗？这是K粉。”

东子点点头，伸手接货。那人猛地翻手抓住东子手腕，往怀里一带。东子虽然早有准备，还是没想到对方上来就动手，正猝不及防时，一只手帕蒙到他脸上，乙醚气味直窜鼻孔。东子知道不好，便用力屏住呼吸。

就在这时，黑暗中从三个方向分别蹿出三条大汉。一个是退役军人，手持一支从体工大队拿来的标枪，朝着神秘人下腹刺去。接着是一个久经战阵的打手，他没什么招式，手持开了刃的长刀直劈神秘人的脖子。第三个正是大强，赤手空拳朝神秘人腿部击去。

三个方向，上、中、下三路被全部锁定！

神秘人上来得早，他们来得更早，埋伏在暗处三个小时一动不动，发现情况果然有变才一起冲出来。

东子立刻被对方推到一边，后背一阵刺痛，接着便是一股酸麻从刺痛处蔓延开去。他本想就势抓住对方，无奈手脚不听使唤，瘫软在地。好在三个兄弟已呈合围之势，扑到近前。

来人知道中了埋伏，推开东子，身子一旋，一把锐利的手术刀朝着周围划了一圈。一瞬间，他就闪过退役军人的枪尖，手术刀削掉对方的一根手指。持刀打手眼前一花，肚子上被重重顶了一下。大强一把抓空，被对方顺势带倒，后脑紧跟着挨了重重一击。

三招不分先后，几乎同时命中。三声惨叫后，神秘人已经突出重围，钻入黑暗。虽然占了上风，但他不知道周围还有多少对手，无心恋战。楼梯上响起一串飞快的脚步声，很快就弱了下去。转眼间，神秘人已经跑下三十层。底层那些流浪汉已经不见踪影，只剩下一地杂乱物品。

神秘人脚跟沾地，四周突然亮起十几道手电筒光，一群持枪刑侦包围上来。神秘人不假思考，更不调转方向，直扑警察的包围圈。这是要干什么？尽管刑侦们经验丰富，可谁也没见过这架势。正对着神秘人的几个警察端平枪口，见他不听召呼，果断扣动扳机。

无论平时考核，还是实战射击，这些刑侦的枪法都很棒。所以他们根本没想到会击不中对手，枪响瞬间，对手居然闪到他们身边，从众人缝隙中鲶鱼般钻了过去。

不，不是钻，简直像一阵风直刮过去。每个人都伸出手想抓他，但没有一只手沾到他的衣角。等刑侦们转过身来，神秘人已经奔到墙上的洞口，一个鱼跃消失在外面。东子的摩托车还停在那里，摊主发现大队警察钻出来，不知出了什么事，发动摩托车就想逃走。神秘人一把抓住他的后颈，将他扔到路边，跨上车子，飞快地逃离了现场。

刑侦队当然不止设了这一层包围圈，几辆警车已经从埋伏地点驶过来，向他合围。神秘人一扭车把，跃进关了大门的农贸市场，从摊位间狭窄的过道里驶出去，拐入隐蔽的小巷。在他背后，不停地传来警察的呼喊声、警车的轰鸣声、枪弹的呼啸声。看来今晚，市刑侦队主要力量都集中到了这里。

十几辆警车，几十辆警用摩托车，几百名干警在此合围。半夜时分车辆稀少，本来很容易成功，然而他们仿佛在追捕一名特技驾驶员，看着他驾车钻入弯曲的小路，蹿入凌乱的工地，最后消失在夜幕深处。

很快，警察在附近找到了被丢弃的摩托车。不过，戴着手套的神秘人并没有留下指纹，人也已经消失得无影无踪了。

刑侦出动的消息让平哥大吃一惊。如此兴师动众，不会只是冲着几个吸毒人员，莫非他们也想通过这条线索抓到神秘人？如此说来，自己这边必有警方线人。他马上找来设伏的手下挨个盘问，果然，东子失踪了。

东子叫张继东，他不是警察，而是公安局布置的特情人员，为抓平哥这条大鱼收集证据。不过“旌旗岭专案”更为重要，只好让他提前暴露身份了。

平哥和他的同伙并不知道“旌旗岭专案”里失踪毒贩的总数，市公安局当然清楚。虽然没有黑道传得那么邪乎，全国范围内也达到了三十二名之多！在公安局资料室里，保存着所有失踪者最后出现的位置。虽然失踪地点遍及全国各地，但超过七成位于以本市为中心，一百公里为半径的圆圈里，这使得这座中部大城市成为“旌旗岭专案”的调查重点。

第二天，张继东苏醒过来，但是头部、颈部、肩部的肌肉都麻痹了。医生检查后发现，他的肩膀上挨了一刀，中了高纯度箭毒。几百年前这东西还是印第安人的专利。他们将它抹到箭上，中箭者伤口附近的肌肉会迅速麻痹，失去反抗能力。

张继东所受箭毒经过高度提纯，危害更大。有一阵子他连舌头都动不了，医生不得不固定住他的舌头，以防窒息。因为胸肌也被麻痹，张继东有好久不能自主呼吸，医院还给他用了呼吸机！

“遇到这个神秘人还能活着的，你是第二个。”

“还有……谁……”

“以后再告诉你。”

由于重度伤残，张继东只能由公安局另行安排。虽然损失了这条暗线，但是第一次有人直面神秘凶手，证明他不只是传说。张继东的情报立刻传到公安部，引起了高度重视。

◆ ◆ ◆

即使美国和以色列那样铁的关系，中央情报局还是会坚决抓捕摩萨德收买的美国线人。叶缅年科发现自己被中方情报部门盯上，也并不意外。只是这趟任务本与中方无关，他不想为此影响两国关系。考虑再三，叶缅年科决定向中方和盘托出。

会议室里坐着三个中国人。其中一个来自国家安全局，叶缅年科一入境就由他负责监视。另一个正是李汉云，他的部下在展览会上调查情况，现场突然出现俄方情报人员，事情非同小可。第三个就是杨真，她已经换回了警服。

叶缅年科坐在他们对面，配上穿着打扮，完全是个中国人。其实，他是出生在俄国远东地区的俄籍朝鲜族人。

苏联解体后，大批科学家失业，流散世界各地。不少人手握科技尖端成果，即使只是半成品，甚至只是脑子里记住的一鳞半爪，对各国安全也能构成潜在威胁。20世纪90年代，俄美还在蜜月期里，美中情局便主动与俄罗斯情报部门联手，监控这些专家的流向，确保他们的秘密不落入恐怖分子之手。在俄方经费紧张时，美方甚至出钱、出装备，长达十几年地维持这项秘密活动。

从那时起，俄罗斯对外情报局里就出现了一个特殊机构，名叫“危险技术流向监控处”，叶缅年科是它最早的成员之一。这个部门掌握着曾经与苏联军方合作过的上千名科学家的名单，除非他们把秘密带入坟墓，否则不管走到世界哪个角落，永远是这个处的监控对象。

现在，叶缅年科就在执行处里的任务。20世纪80年代，苏联军方组成过以拉格涅夫为首的科研小组，试图改造人脑结构，制造不用睡眠的士兵。拉格涅夫曾经让士兵七十小时不睡眠，他们的各项军事技能水平还能保持不下降。后来遇到国家解体，项目自然中止了。

拉格涅夫后来受聘到英国爱丁堡大学任教，还参加了一个名叫“世界超人协会”的组织，其成员来自世界各地，宗旨就是促进各国开展用技术手段改造人类自身的研究。

“所以你看，拉格涅夫和他们一拍即合。”

“我们调查过这个组织，他们在英国公开注册，你们认为它会有什么危险？”国安部官员问道。

“确实是公开组织，但思想很激进。比如，他们呼吁各国政府允许研究克隆人，甚至允许以研究为目的制造胚胎。生物实验花费并不多，需要的场地也很小，几间屋子，几个观察室就行，但难保他们不在暗地里做什么。具体到拉格涅夫，我们担心他从这个组织里找到财政依托，实现当年苏联未能完成的研究。”

“不睡觉的战士？听上去很科幻。”国安官员转身问两位公安部专家，“技术上有可能吗？”

这是杨真的专业，她想了想，回答道：“海豚大脑两半球分别休息，所以从不彻底睡眠。历史上一直有人希望以海豚为榜样让人类摆脱睡眠。”

叶缅年科赞许地点点头：“是的，拉格涅夫就是在朝这个方向开展研究。至于具体成果，恕我无法告之。”

“那个‘超人协会’为什么要来中国？”身为警官，李汉云更关心这个问题。他手边就放着蔡静茹和杨真的调查记录，“据我们所知，组织里面有大学教授、高科技实业家，还有两个诺贝尔奖获得者。他们在中国搞了多场公益活动，并不推销什么产品。你觉得他们为什么这样做？”

“他们认为西方国家被‘科技恐惧症’笼罩，研究起来缩手缩脚，所以把活动重心转向中国、印度、巴西这些新兴科技国家。中国是他们的重点传播地区。”

李汉云又想起一件事：“拉格涅夫和贵国军方签过保密协议吧？”

“是的，他必须严格保密。不仅如此，当年他用军方提供的条件做研究，那些知识产权不归他自己。拉格涅夫无权将其转移到商业用途上。”

谈得差不多了，国安人员走过来，和叶缅年科握握手。“你看，我们双方有协议，你们在中国境内执行任务，必须知会我们。”

“理论上是这样，不过你们没有对应单位啊。”

“对应单位？”

“我在危险技术流向监控处，你们没有类似机构可以对接。”

国安局和公安部是平行机构，李汉云讲话也不需要对方同意，他插了一句话，“如果我国有了这样的机构，你们愿意合作吗？”

“当然。”

◆ ◆ ◆

三千平方米的会展，在北京并不起眼。它的主办方——世界超人协会更是鲜为人知。不过，蔡静茹和杨真再次步入现场时，还是发现有上百个中国观众拥到这里，同样很少有人超过三十岁，这让她们感觉自已有点显老，似乎不适合出现在这里。

除了七十多岁的拉格涅夫，其他嘉宾都是二三十岁，中国联系处的负责人更像个大学生。

世界超人协会曾经向中国民政部递交申请，要建立中国分会。由于对该组织的宗旨不好把握，民政部没批准。于是他们只能在中国建立联络处，这次展览就是由联络处主办的。网络上，世界超人协会中文版已经运作多年，给他们积累了不少支持者。

名为“赛博格元年”的展览继续进行着，中国联络处的负责人请拉格涅夫站到讲坛上，回答观众提问。“这些都是科幻电影中才有的东西？它们真能实现吗？”一位观众质疑。

拉格涅夫笑着摸出手机。“又用这个道具。”杨真心里暗笑。不过今天，拉格涅夫换了台词。“这也是科幻中的东西，1986年有一部电影《星际旅行》，主人公想证明自己来自两个世界，就摸出一部移动电话，那个道具比我手里这个可粗糙多了。”

“可是，你们宣传增智药物、手术整容和基因工程，难道不担心将来人类不再是人类了吗？”另一个观众问道。

看到提问者只有二十出头，拉格涅夫皱了下眉，难道“科技恐惧症”已经传到了中国？这里的年轻人应该更热爱进步才对。不过，这个听众的年纪和自己的孙子相仿，拉格涅夫对他抱着祖父般的耐心。

“我们之所以是人，不是因为我们长着什么样的器官，而是因为我们能互相友爱。我相信，把一两种技术用在人身上，不会改变这个本质。”

终于响起一片掌声，不过，下一个观众的问题更是直截了当：“你们想用技术改良人种，这听上去很像纳粹思想啊。”

“你没有认真研究我们的思想，纳粹和我们没有任何共同点，超人协会章程里拒绝任何有种族主义倾向的个体与团队加入。大家可以想想，纳粹认为不同种族先天就有高低之别，如果事情真像他们说的那样，人工改造岂非没有意义？”

“先生，性能力也包括在你们的改良名单中吗？”

这个问题更具有挑战性，拉格涅夫必须等大家笑够了才回答：“肯定包括。当然，对这种能力的改造要符合各国法律的规定。”

杨真和蔡静茹站在后排，静静地听着，录着音。听上去，世界超人协会很理性，不过那毕竟只是公开的东西。想到这里，杨真忽然举起手，此时她的身份是普通观众。

“请问，这次展览为什么叫作‘赛博格元年’？是否意味着今年在这个领域里会出现某个重大成果？”

“哦，恐怕还没那么乐观，我们起这个名字，只是希望今年成为‘赛博格’思想在全世界得到迅速传播的元年。”拉格涅夫摊摊手，“也许雷尔教派那里会有这类秘而不宣的成果，我们协会的一切活动都是公开的，严格按照各国法律行事。”

拉格涅夫回答时，杨真一直在观察他的表情。似乎没发现什么问题。拉格涅夫并不知道什么人跟踪了他，也不想惹东道主生气，尽可能回避敏感问题。

又有其他人在提问，内容基本重复。杨真和蔡静茹转过身，去观察那些展品。有几个观众也在展厅里逛着。其中一个人走来走去，东看看，西瞧瞧，举止像个不能集中注意力的孩子，在展厅这样安静的地方，他的行为令人侧目。

杨真一下子呆在那里，以为自己看到了一个与李文涛很像的人。然而对方也在目不转睛地望着她，于是她意识到，这就是那个曾经深入过她灵魂的李老师！

杨真深吸了口气，让自己镇定下来，然后向李文涛打招呼。后者也走过来，眼睛里透着惊喜的火焰。不过，当他看到一边的蔡静茹后，收起了笑容，礼貌地和她们打了个招呼。

“我先看看，有空聊。”李文涛留下手机号，转身去看那些展品了。

“老朋友？”蔡静茹问道。

“大学时的老师，快十年不见了。”杨真不想让蔡静茹关注这件事，又转过去面向拉格涅夫，不过她发现，自己已经很难把精力拉回到任务上了。

刚才，杨真眼睛里转瞬即逝的惊喜逃不过蔡静茹的眼光，她善解人意地说：“如果有急事你可以先去，我在这里就行。”

是的，她要见他，八年时间并没有把什么都磨损掉。杨真终于没有克制住心头的欲念，她紧握了一下蔡静茹的手表示感谢，转身走向李文涛。

# 第五章　极速

北方城市流行大型洗浴中心，内部宽大，装修奢华。除了内容丰富的洗浴设施，还可以吃、玩、住、上网、按摩、看表演、到健身房做运动，功能齐全，应有尽有。许多当地人到了节假日，拖家带口来这里休闲。更有商务人士喜欢晚上住在这里，洗浴中心的住宿条件不次于星级酒店，价格却要低得多。

甚至，有人需要躲债避仇，又割舍不下已经习惯的舒适生活，便关上手机，潜到某个洗浴中心隐匿起来。刘楚强此番就来找这么个人！他的小公司名叫金辉经济事务调查所，其实就是私人侦探。中国政府尚未开放这个行业，刘楚强一直游走在灰色地带里。这天，他来到新世纪洗浴中心，在浴区匆忙冲了个澡，穿上免费浴衣来到二层休闲区，点了瓶饮料，喝着，逛着，观察着。刘楚强脑子里有张标准像，以它为模板，一个个扫描着这里的男客人。

半小时后，刘楚强楼上楼下转了几圈，没有发现目标，却引得服务员都注意起他来。难道情报有误？普通休闲区没有他要找的人。刘楚强又进入高档会员区，这次他准备花掉几千块钱经费，一定要找到这个人。如果挖出重大新闻，媒体至少给他三倍的回报。

突然，一个胡子拉碴的人从他面前走过。那胡须看上去不是刻意留的，只是许多天没刮。这是洗浴中心，刮个胡子有什么困难？是他？不是他？好像是他？脸庞有点像，身材可差得远，走路时两腿一拉一甩，瞧步态倒像是轻度脑溢血患者，但步行速度又快得多，和平常人没什么区别。

对，风传此人长期吸毒，虽然球场上威风凛凛，可身体再结实也经不起过量毒品的消耗。尤其是他已经从公众视线里失踪了几个月，没有俱乐部纪律约束，更不知道会怎么摧残自己的身体了。

刘楚强转过身，远远跟着目标。不料此人直接下到一楼，脱光衣服又进了洗浴区。刘楚强刚擦干身子不久，见此情形也只好跟进去，装成泡澡的样子。洗浴区里有些特殊的洗浴项目，有太阳灯日光浴、红外线浴、冰雪浴、桑拿浴等。这个人径直走进盐浴室，那里的池子边缘撒满了盐，浴客躺在盐堆上，把盐往身上抹，据说可以产生保健效果。

刘楚强慢慢接近盐浴室，凑到门口往里张望，眼前的情形吓了他一跳。室内没有别人，那个人居然抓起一把盐粒往嘴里放，慢慢咀嚼、吞咽！像是在吃爆米花。

盐浴区撒的都是便宜的工业用盐，吃多了会中毒。何况楼上自助餐厅里有的是调味瓶，多少食盐都有。刘楚强搞不清他在做什么，印象中有种怪病，叫什么来着？异食癖，难道他得了异食癖？

对方似乎觉察到有人在偷看，猛然回头。刘楚强立刻扭头走开，泡进旁边的热水池里，用余光盯着盐浴室。胡子拉碴的汉子走出来，还是一瘸一拐，然而又非常迅速地走进电梯，这个古怪步态吸引了不少浴客的注意。

刘楚强也跟回到服务区，在餐厅里找到目标。洗浴中心提供自助餐，费用已经计算在门票里。刘楚强赶到时，那个汉子已经在面前摆了满满几盘子食品，不是肉就是蛋，都是高热量食品。远处几个服务员盯着他，交头接耳。

“你们看什么！”胡须大汉猛捶餐桌，圆瞪双眼，脸涨得通红，吸引了整个餐厅的目光，“怕我把你们吃穷了？”

餐厅领班赶紧走过去，向他道歉，低声解释着什么。远处，几个保安已经从楼梯上走过来，盯着这里，以备不测。隔得很远，刘楚强听不清领班讲什么。突然，大汉猛地把餐桌推翻，餐具的碎裂声、客人的惊叫声混成一团。大汉用手指点着周围的人：“你、你、你，还有你，你们都想敲诈我，天底下所有人都和我过不去！这种鬼地方我不待了，一分钟都不想待！”

说着，大汉一阵风般奔跑起来。即使全力跑动的时候，仍然是那种古怪的病态步伐，像是用低速摄影拍下的脑溢血患者步行录像，再用常规速度播放出来。大家都怕他摔倒，但他看似跛足，跑得却很稳健。几个保安发现此人奔向办公区，以为他要去找管理人员挑衅，马上追赶过来。然而大汉却像是在做跳远运动，加速奔到走廊尽头的窗前，飞身跃起，在全场人的惊呼下撞穿玻璃，摔了出去。

餐厅设在三楼，离地面并不算高，但下面就是繁华街道，再加上大汉起跳时惊人的初速度，身体摔在一辆货车顶上，高高弹起，落下后被另一辆车从颈部辗过！血光飞溅，街头一片惊呼，场面令人毛骨悚然。

刘楚强不是没见识过命案，甚至目睹过杀人场面。但这么惨烈的情节还是头一次见到，更何况他知道此人的真实身份。这可是天大的新闻！这么长时间，洗浴中心的服务员和顾客都没认出此人是谁。他有意留起胡子，走路又变成病歪歪的样子，确实没人能把他和那个人联系起来。刘楚强相信，如果他讲出此人的名字，这里十个人至少有两三个会惊呼起来："怎么会是他！"

震惊了一秒钟，职业素养马上起了作用。刘楚强顾不上换衣服，穿着浴袍冲到街上，对准尸体，拿出手机一通狂拍。等警察赶到，开始隔离围观人群时，他已经发出去不知道多少照片了，各种角度都有。

值！值！值！他已经疯了，早知道他是这个下场，当初三万块价码都说少了。报社的钱不翻倍我决不交这些照片！

◆ ◆ ◆

"天啊，真的是你！"

"我也想说这句，被你抢了先。"

杨真找到了人生中一条突然被截断的线，时间仿佛又回到八年前，她和李文涛在小路上分手的晚上。当时她根本没在意，不承想这个身影从此就消失在她的生活里。时间越久，思念越深，然后，他又没有任何征兆地出现在眼前。

“走走走，到我那里去。”李文涛拉着杨真的手，坐电梯，进车库，上了自己的车。杨真就这么让他拖着，没问要去哪里，也根本不想问。

他们来到一幢商铺用房，其中一扇门上写着“巧巧儿童行为矫正中心”。里面有间很大的活动室，摆着塑胶制造的小屋，还有楼梯、吊椅、大型积木等活动器具，两个工作人员正在整理它们。穿过活动室，就是李文涛的办公室。

这么多年想说的话都挤在嗓子眼，结果一路上什么都没说。李文涛也是一样，两人一个门里，一个门外，互相凝视，半天谁都没开口。直到有员工走过来，李文涛才如梦初醒，把杨真让进去。

当年分手时，李文涛已经有28岁了，虽然又过了8年，相貌变不到哪里去，然而杨真在展厅里却不敢马上确认，现在她意识到原因在哪儿了。当年的李文涛脸色苍白，身材瘦弱，风吹猛些都能刮倒。现在体格魁梧了很多，甚至个头都显得高了一些。这当然不可能，只是因为身体变得壮实，腰背挺直，所以显得高了。不是中年发福，他真的健壮了很多，胳膊上的肌肉仿佛刚从哪个运动员身上移植过来，而且红光满面，精神饱满。

该说什么呢？当然先要说自己的现状。杨真简单说了高科技犯罪调研室，涉及保密事宜，不能多谈。李文涛告诉她，这家小公司是自己开的，专做儿童行为障碍矫正。是啊，这是他的老本行。

“你怎么去参观那个展览？”两条生命之线又接合起来，杨真很好奇这个接口的位置为什么会在那里。

“用技术改造人本身，不是我的理想吗？也是你的理想啊。”

李文涛老成了很多，她相信如果再碰到一次当年的情形，他绝不会再犯糊涂。“那次你去哪了？为什么人间蒸发？”

李文涛微微一笑，似乎那段痛苦已经被他消化掉：“没什么，当年是我想明白了，那不是我该待的地方，里面没我留恋的东西。所以……我就走了。”

没有值得留恋的东西？是啊，杨真无法反驳他的说法，可有些事情她还是想让他知道。“那些天我提心吊胆，总在想，不知道哪天你的尸体就从河里浮上来。要不就是上吊、触电，我给你设想了一百种自杀的方法！那时候你脆弱得不像样。”

“对不起，对不起，对不起。”

除了这三个字，李文涛仿佛不会说别的。又有员工走到门口，杨真才意识到自己有些小激动，声音不自觉地变高了，像是在和李文涛吵架。为什么会这样？八年都过去了，差不多是过往人生的三分之一，她还在关心他？

“当年我玩失踪，让你担心，我很抱歉。不过你怎么去当警察了？我还以为你留在高校搞研究呢。”

李文涛一边说话，一边耸肩、搓手，脚尖还不停地点着地。这倒像当年的他，治不好的多动症！是啊，消失了八年，新的生活像年轮一样层层覆盖上来。过去的事情还能记得，过去的心情已经找不回来了。

员工端来两杯咖啡。李文涛顺手接过一杯，忽然抽抽鼻子：“怎么有氨水味？你放了什么？饮水机芯是不是该清洗了？”

员工被搞得莫明其妙，杨真端过李文涛手里那杯，闻了一下，香气扑鼻，味道纯正。“没有啊，你幻嗅了吧？”

“呵呵，也许吧。”李文涛笑了笑，接过咖啡，不再追究。他忽然想起一件事，“你跟那个主持人还在一起吗？”

看来，当年他并没有立刻消失。杨真成为韩津的恋人是一年后的事，至少那个时候，李文涛还躲在某个角落里关注着自己。想到这里，杨真涌起一阵酸涩，也许当年是她太狠心了？

那次实验室外的争吵过去后，杨真开始参加韩津组织的社会活动，学会从另一面观察科学，然后他们走到了一起。直到那时，杨真才知道他和李文涛曾经是同学。小学、初中都在一起，也很要好。后来文理分科，两个聪明人没为世俗利益翻脸，倒是因为各自的理念争吵起来。后来又从现实吵到网上，用自己的账号对骂，各有大量粉丝支持，闹得不亦乐乎。那天在实验室斗嘴，不过是两人几百回合争吵中的一次，所以才一触即发。

“没有，我和他分手也有几年了。”

答案一出口，杨真就意识到一件事。李文涛知道她和韩津确定恋爱关系，却不知道他们分手的事。这说明什么？说明至少这几年，李文涛真从她身边消失了。

他是彻底失望了？如果那年没拒绝他，现在会怎么样？杨真表面上很平静，心里却翻江倒海。

听到这个消息，李文涛眉毛上挑，抑制不住地兴奋：“他是不是很花心？毕竟电视台大牌主持人，周围美女一定不少。”

本科毕业前，杨真和韩津确定了恋爱关系。他不光有前任，几年后又有了后任。不过，她不会因为这些婆婆妈妈的事才分手：“处久了才知道，我和他走不到一起。”

“那又为什么？”

这问题太大，几句话说不清。再说，杨真也不想和李文涛谈这个话题，她还不清楚现在的他。

“好吧，我不问了。其实，你和谁在一起都行，就是别跟他。唉，一个电视台里面那么多反科学的人，你说荒唐不荒唐。”李文涛忽然想起了什么，“我都忘了，你现在是警察，上班时间出来，肯定带着任务吧？那我就不多问了。”

“好吧，我确实有工作在身，也先不打扰了。”八年不见，两人有许多话要谈，只不过她必须早点返回现场。

“加个微信吧，或者微博什么的……”李文涛拿出手机。

“抱歉，我们有保密规定，私人不得注册网络账号。”杨真举起手机比画了一下。“这个也是办公专用的手机，我可以把私人手机号给你，亲朋好友都可以联系，不过它也被监控了。”

“那你岂不是没了私人空间？”

“其实也没什么，人不想干坏事，就不在乎被监控。”

杨真几大口喝光咖啡，转身告辞。走了几步，她还想再看看这个人，却发现李文涛把杯里的咖啡泼进了草丛！

第二天，李汉云带着杨真和龙剑，参加公安部禁毒局侦查处的案件分析会。“‘超人协会’的调查先放一下，‘旌旗岭专案’有了重大突破，部里要咱们室派专家协助分析案情。杨真懂生命科学，龙剑以前干过缉毒，今天你们跟我去听听。”

名单上积累起三十二个失踪者后，“旌旗岭专案”才有一个失踪者复现人间。他被云南某县警方围捕，但在抓捕过程中离奇死亡。王文龙的尸体立刻被空运到北京，由法医进行解剖。死因确定为激烈奔跑致心肌大面积撕裂，导致动静脉血液大量混合致死。

一个人活活把自己累死？资深法医都没见过这种死法。

比死因更奇怪的是，他的颅骨曾被人打开过！“王文龙有十年吸毒史，而且在逃亡过程中，他的行为很怪异。我们怀疑此人家属安排他做过卫生部明令禁止的开颅戒毒手术。”禁毒局侦查处陈处长介绍着情况。

杨真一边听，一边在笔记本上画着大脑皮层的分区草图，回忆着有关脑功能分区的知识。

“更怪的是，法医在他体内已经找不到任何毒品残留。无论是传统毒品还是新型毒品，甚至包括现在地下毒窝流行的一种糖浆，在他体内都找不到残留。像王文龙这样的深度瘾君子，十二个小时内不可能不吸食，除非他真是彻底戒了毒！不过，半年前他还待在戒毒所。那里能有什么像样的设备，出去之后复吸率有多少，咱们干这行，大家都清楚。”

“你们局有什么结论？”李汉云问道。

“我们综合整个‘旌旗岭专案’的情况推断，王文龙和其他失踪的吸毒者可能去过某个秘密诊所，私下接受改进的戒毒手术！比目前的传统手术更成功，他们确实戒了毒，但同时产生了尚不明确的副作用，这些失踪者恐怕因此死亡了！我认为这是最合理的解释，当然，这个推测也有很多漏洞。我们调查过王文龙的家庭成员。直系家属们和他多年不来往，都表示即使他死在外面也不会管，没人愿意支付高额手术费。而且，戒毒手术主要破坏额叶上的‘酬赏中心’，但法医在他的额叶上找不到毁损点。”

发现杨真欲言又止，李汉云鼓励道：“你有什么想法也提提吧，现在大家一起分析案情。”

在座的各位论警衔都高过杨真许多；论年纪，大部分都是叔叔辈的人，杨真确实有些胆怯。老师的目光给了她勇气，于是她向陈处长问道：“刚才您说，王文龙死前一段时间行为古怪，到底古怪在哪里？”

“从他在湖北境内重新进入警方视野，到在云南离奇死亡，期间一共有五天。我们调查了这五天里接触过他的人，包括小旅店老板、客车司机。他们说他行动非常迅速，而且多动，像只猴子一样动个不停。还有一个特征就是食量惊人，完全不符合深度毒瘾者的生理表现。喏，大家看看这两张照片。”

屏幕上出现两张照片，一张是王文龙半年前在戒毒所里的照片，骨瘦如柴，无精打采。另一张是他的尸体，肌肉发达，孔武有力。“大家瞧，这哪里像个老毒鬼，根本就是特种兵。沿途共有四个地方公安机关发现并跟踪过他，都被他逃脱了。云南当地警方的报告最详细，他轻而易举地就从十几人的包围圈中脱身，还打死两条警犬。另外，警方在他藏身的屋子里发现了工业用盐，其中钾含量远远超过正常值，尸体里钾含量也很高。如果换成普通人，早就因为代谢紊乱死亡了——杨警官对这些线索怎么看？”

半晌，杨真才发现屋子里的人都没说话，而是注视着她。是啊，大家在等她这个专家提供建议呢。她定定神，回答道：“这里需要介绍一个知识点，信息在两个神经元之间要通过化学递质传导，就像接力赛上两个运动员在交接棒，传导速度在这里会慢下来。”

说着，杨真掐了一下自己的手背：“比如，皮肤感觉到外界刺激，传到脑部，再由脑发出命令，传导到相关肌肉做出应答行动，信息要在许多个神经元间多次交接。”然后，她离开座位，来到投影仪前，指着王文龙的尸检报告：“钾元素在信息交接棒里是主要成分，这个死者体内钾元素浓度超过正常值这么多，他的神经反应速度肯定快于普通人，这可能就是他身手敏捷的直接原因。即使训练有素的警察，也比他慢半拍。”

“还有这种事！”一个警官叹道，“如果能用这种方法训练军队，那不就能练出超级战士了吗？”

杨真摇摇头。“人体不能长期承受这么高浓度的钾，体液难以平衡，代谢会紊乱，不过看起来王文龙身上没发生这种紊乱。相反，他对钾似乎已经形成依赖，大量服食工业用盐，就是为了补充身体里的钾元素。我不知道他怎么能够活到现在，但如果没有医生为他输液，帮助他中和这些钾，大量钾元素沉淀在神经元上，最终会破坏神经元的传导功能。他活不了多少天，而且死前会很痛苦。”

发现十几位前辈都在认真地注视自己，杨真的自信心一下子提升起来，脑子也快了一拍：“所以我推测，死者有可能服用了一种不为人知的新型毒品，导致他需要过量的钾元素。”

“是啊，现在全世界有成千上千万的化学实验室，每天都能生成几种新物质，我们并不清楚哪种对人类有危害，危害程度又有多深。”李汉云接了一句，又问杨真，“身体里钾元素如果富集起来，当事人主观意识上会有什么感受呢？”

“意识？呵呵，它连神经元都不是，只是神经元之间传递的钠钾离子。”多年前李文涛的那句话，一字不差地跳到脑海里，杨真立刻答出这个问题。

“钾离子能导致信息传导加快，所以，主观感受应该是……欣快，有力量感，特别想运动。云南警方报告中提到，他的胃里有大量食糜，现场也找到许多食物，说明他食量很大。如果他吸食了某种新型毒品，我想，这种毒品的作用机理可能类似于瘦肉精，促使动物激烈运动，这时的主观感觉就是兴奋。不过这都是推测。钾元素富集是一种病态，临床上几乎没有记载，更没有心理学家研究过这种患者的主观感受。”

“欣快感？那就更像一种毒品了。”陈处长仿佛看到了答案，“至于激烈运动，也没什么神秘的，摇头丸不就是这个功效嘛。只不过，你能解释开颅问题吗？”

杨真的心里“突”地一下。是啊，身体上钾元素富集和神秘的开颅手术又有什么关系？钾通过食物摄入，并不需要直接注入体液，更何况是脑子。不过疑问一出现，推测几乎相伴而来。

“不知道法医有没有检查死者皮质下面更深的位置，王文龙行为方式异常，而主导人体运动的中枢并不在皮质，更不在额叶，它们要深入得多。”

“更深的位置？”一旁主持尸检的法医不以为然地说，“在更深层会发现什么？能找到几个出血点？”

“看来，你们没检查脑部深层位置的情况。一个吸毒者的头骨被打开过，大家会马上联想到戒毒手术，于是就在额叶上寻找毁损点。但是，也许死者脑部更深的位置被人动了手脚。”

杨真提出了一个全新的思路，但她不是脑外科医生，经验有限。法医立刻请求中断会议，重新解剖王文龙的脑组织，尤其是锥体系统、小脑等和运动相关的部位。果然，在中脑的腹侧被盖区，他找到一枚直径只有零点一毫米的生物胶囊。这已经是肉眼能够分辨的最低限度，CT机都查不出来。

化检室检查了这个胶囊，将答案告诉大家：“这个元件用低分子生物膜制造，内部物质可以缓释出来，胶囊本身一段时间后也会被脑组织吸收。因为王文龙死亡，这个吸收过程自动停止，它才保留下来。如果他活着，胶囊可能两三天后就会彻底消失。”

“也就是说，这样的胶囊，王文龙的脑部可能被植入了不止一个？”李汉云用激光笔指着投影仪上王文龙的脑组织。

“很有可能。另外，胶囊里的痕量物质是乙酰胆碱酯酶，根据胶囊容积判断，在王文龙死前已经释放出不少。这是典型的定向给药技术啊！只需要痕量就能产生效果，对脑部几乎没有伤害。”法医叹道，“不知道是谁发明的，放大来看，胶囊上面没有任何文字说明。”

“定向给药？”陈处长不解地问，“这又是什么技术？”

“这是医药界梦寐以求的黑科技。”法医解释道，“‘是药三分毒’，医生无法朝患处定向给药，只能通过血液把药物输到全身。结果，药物在病人身体各处同时起作用，其中只有很小剂量施加到患处，给药量往往超过实际需要量的几百甚至上千倍！能够定向给药，会大大减少药品的毒副作用。”

“你知道哪家医疗公司攻破了这个难关吗？”李汉云问法医。

“我没听说过！这个要问医院里的医生，虽然都学医，内部分科很多，隔行如隔山啊。”

“那么，在人脑这个部位输入乙酰胆碱酯酶，有医疗价值吗？”李汉云又从外行角度提出问题，“比如，能否帮助瘾君子更快戒毒？”

“这……”法医忽然发现自己的推理有问题，“是啊……就目前的医学来看，确实没什么医疗价值”。

中午，餐厅送来盒饭，大家四散开来，边吃边休息，以备下午继续研究。杨真才发觉整个会议期间，龙剑除了和老同事寒暄外，几乎什么话都没说，便端着餐盒走过去。“怎么，你好像没兴趣啊，这不是你的老本行吗？”

看看周围没别人，龙剑压低了声音：“你想听我说实话吗？”。

“当然。”

“‘旌旗岭专案’就是胡乱联想出来的，那些失踪者要么病死在臭水沟里，要么正待在垃圾场旁边捡剩饭吃。早晚他们会一个个被发现，那就是一群行尸走肉。吸毒者经常走失，到了生命末期，彼此间没任何区别。依我看，还不如你们追踪拉格涅夫更有意思。苏联时代他就搞秘密人体实验，谁知道会不会重操旧业。”

“失踪这么多人，你为什么还觉得不重要？”杨真被会议讨论搞得很亢奋，一时难以接受龙剑泼过来的冷水。

“因为我想破脑袋，都猜不出这个专案背后有什么作案动机。这类失踪的吸食者，我以前经常跟他们打交道，没人在乎他们的死活。”

不，事情没那么简单。微型生物胶囊、乙酰胆碱酯酶、药物的性质以及植入的位置……好多好多疑点，杨真很难和龙剑讲清楚，那需要太多专业知识。这就像做填字游戏，如果连摆出来的字都不认识，怎么会有兴趣推测缺失的字？

# 第六章　迷雾重重

“上述调查表明，该组织在中国大陆的活动局限于展览、宣传、讨论和学术活动。并且，他们只吸引理工科背景的技术迷，组织成员年轻，影响范围很小。”

杨真盯着屏幕上的字，摇摇头想把它删掉，又不知道怎么结尾。对主任和蔡静茹组织的这个监控行动，龙剑的兴趣逐渐升温，杨真却越来越不以为然。拉格涅夫的历史不清不白，协会的宗旨惊世骇俗，但这都说明不了什么。

如果龙剑喜欢这个活，就让他和Kati姐去盯那条线吧，她应该深度参与“旌旗岭专案”的调查。不过现在先不忙这个，她要到首都机场去接母亲。

卢红雅从科技报刊记者部主任职位上退下来后，以合作人的身份与朋友创办起《新科学人》杂志，专门采访中国各领域的科学家，兼写传记、制作电视节目，内容也都围绕这个领域。今天，卢红雅从南方参加一个国际会议，杨真开着妈妈的车，接上她一起回家。

母女二人在途中聊着最近的见闻。杨真想告诉妈妈，自己又见到了李文涛，母亲当年曾经见过他。不过话到嘴边又收了回去，她不知道现在的李文涛是什么样，也不知道该如何描述他。

聊着聊着，卢红雅忽然问道："小真，你读心理学专业，一定知道肖毅老师吧？"

"新行为主义创始人吗？您在做他的节目？"杨真用右手拍了下方向盘，"太棒了，他可不是一般人，他的成果能够改变整个科学的面貌。"

"真的吗？他有那么大影响力？"

一个年过六旬的心理学家，去过极地，上过珠峰，下过五千米大洋，训练过宇航员、特种兵，还培训过顶尖运动员。有这番上天入地下海的经历，只是为研究人在各种极端环境下的行为规律。"他是中国心理学界的传奇。妈，您要是准备采访他，我可太羡慕您了，别忘了给我要个签名。"

长这么大，杨真只向别人要过一个签名，来自宇航员刘洋，那还是研究生阶段听她讲座时要的。没想到，卢红雅听了她的要求就笑起来："他的签名？他要知道还有人要他的签名，肯定高兴坏了！"

杨真没明白妈妈的意思，向一位专家、一位著名前辈要签名，这有什么可笑的。

……

第二天，杨真找到李汉云，和他深谈了一次，比较两个案件的前景。李汉云沉默不语。现在他的总目标，就是要让这个室投入侦察行动，来证明它的价值。至于投入什么，他需要下级有很高的热情。

“好吧，龙剑和蔡静茹去调查拉格涅夫，你给“旌旗岭专案”组提供咨询。”

要提供专业咨询，光靠学校里那点存货可不够。杨真要请教真正的专家。于是到了周末，她又走进李文涛的矫正中心。大教室里布置起各种活动用具，一群不满十岁的孩子在辅导教师指挥下，在器具间爬来翻去，看上去和游乐园差不多。

世上除了“弱智”，还有“弱行”。一个孩子的行为能力比同龄人差一截，学名“动作障碍”。北京这样的大城市，家长见识多，看到自家孩子笨手笨脚，也会着急上火。李文涛这个工作室就为他们提供矫正服务。

杨真迈进李文涛的办公室，看到桌上堆着资料，墙上贴着各种示意图、视力表，还有心理学家画像。恍惚间，她仿佛又回到当年那几间实验室。这里地方不大，总共也才几个员工，李文涛这间屋子也兼作物料室，显得很拥挤。一张黑白照片挂在他座位后面的墙上，那是个20世纪初期的白人学者，留着大胡子，戴着金丝眼镜。

咨询师喜欢挂弗洛伊德的照片，以示自己有宗有派有渊源。李文涛不会俗到这个程度，但这又是谁呢。苟勒？考夫卡？桑代克？杨真在心理学家的名字里回忆半晌，怎么也想不起答案。发现她在端详照片，李文涛笑道："认不出他不算丢脸，海德，很冷僻吧。就是咱们专业出来的人，也没几个记得他。"

"哦……"杨真脸红起来，"他是哪个学派的？"

"'先起粗觉'，这个概念你记得吗？"

杨真摇摇头，这个名字对她来说太过陌生。

"后起精觉？"

仿佛又回到当年的实验室，李文涛能和杨真在你问我答中度过一个下午。到后来，他们不再有师生界限，互相提问，谁没答上来，就会被对方弹脑门、刮鼻子。多么快乐的时光，他们还能找回来吗？

"想不起来，但一定和神经系统有关。"

“好吧，已经擦点边了，就不难为你了。”李文涛一手叉腰，一手比画着。是的，这还是他的老习惯。当年李文涛也想登上课堂，却竞争不过同事。只好困在实验室里，面对唯一的学生滔滔不绝。

“1903年，英国神经学家海德请外科医生切断自己前臂的桡神经和浅表神经，让相应部位的皮肤失去感觉。接下来一个月内，神经断口慢慢愈合，海德坚持记录皮肤感觉恢复的过程。‘先起粗觉’和‘后起精觉’是他描述实验现象时用的术语。当时还没有显微外科，手术精度有限，搞不好海德那条胳膊就可能废掉，他要冒的风险不比放风筝的富兰克林少。”

杨真想起海德是谁了。当年李文涛就用崇拜的语气谈到过这位前辈，只不过那时搞不到海德的照片。正在这时，一个年轻的女助手走进来，告诉他们孩子到齐了。李文涛兴高采烈地带着杨真来到活动室。里面有七个孩子，清一色的小胖墩。李文涛合着节拍，带着他们做体操。女助手站在一旁协助管理。

“李老师每次都亲自带孩子？”杨真问她。

“平时主要由我们带。”女助手回答道，“李老师经常在外面跑业务。”

是啊，带孩子本来就是重体力活。李文涛经常和孩子们一起玩耍，怪不得身体越来越健康，性格也活跃好动得多。不管怎么说，这样比当个宅男要强得多。

因为杨真等在一边，李文涛只带了半小时就退下来，领着她回到办公室，抓起矿泉水猛灌了几口。“看得我都想参加进去。”杨真童心大发，“咱们小时候可没这么幸福，课外活动这么多。”

“呵呵，下次你来带操吧，比坐办公室强多了。”李文涛大把地擦着汗。

“你现在还有精力搞研究吗？记得你说过，你要成为心理学界的哥白尼。”

笑容冻结在李文涛脸上。“算了吧，那时候我太年轻。”

“那时候你也快三十了。”

“小，小得很，现在想想，多不通世故啊。”

“那我咨询你个问题可以吧。”

不能透露案情，杨真就把乙酰胆碱酯酶本身当成个问题提给李文涛。“药用？那东西服下去会变成氨基酸，能有什么药效？”

“注射呢？”

“大概能……舒张血管吧？记不清了。应该不算一种药吧？不过，我也问你个问题。”

“好吧。”

“你跟韩津到底因为什么分手！”

杨真看看对方，看看自己的手掌，又抬起头看看对方，反复如是。

“别笑话我，我真的特别想知道。”

“好吧！”杨真一咬牙，“其实，我也特别想找个人说说。”

这种事不好在办公场合谈，李文涛带她来到附近的咖啡厅。这次，他只给自己点了矿泉水，似乎对咖啡过敏。

不愿意和女孩子们摆八卦，更不愿意呼天抢地抱怨如何受到伤害，所以，从头到尾只有妈妈知道这件事的原委。时间久了，往事封了口，结了痂。但是，它真的愈合了吗？曼特林咖啡的香气一点点把记忆的硬痂冲开、融掉，连带着往事中的苦痛，都从脑海深处翻涌出来。

李文涛失踪后，杨真很快进入了韩津的圈子。他告诉她，别崇拜科学家，他们中有很多坏人，造毒气的哈勃、造V2火箭的布劳恩、731的医学家，他们都以自己的方式干坏事，然后装成被利用的无辜受害者。

科学的罪恶、科学家的罪恶，成了他们之间独特的话题。是啊，杨真身边就有典型，韩津的话让她能够解释父亲的行为，至少她当时认为能够解释。

“为什么他们都那么冷酷，是科学本身让他们变冷。科学最多就是有用的毒药，接触久了，人会忘记感情、正义、尊重和爱。”

两年后，杨真以“论高科技犯罪的心理机制”为题写下毕业论文。那时，韩津已经是主流电视台当红的主持人，专门采访各界名流。由于满腹经纶，很多大人物觉得只有他才够谈话资格。韩津的访谈特别有品位，迅速成为该台著名品牌。

顺着这条道路，杨真考上了中国人民公安大学研究生，研究犯罪心理学。接到通知那天，他们在二人世界里疯狂地庆祝。韩津告诉她，这是他人生中第二大喜事，他能有个志同道合的妻子。杨真也是在那天知道了他的前女友——一名医学院高才生。

“我无法接受她杀害那么多实验动物，更无法接受她实验时无动于衷的表情。我劝她改专业，她拒绝了。从那天起，我们就注定不可能在一起。”

可是，也正是从那天起，杨真开始质疑这个火热的男人。她不再需要动手宰杀实验动物，但并不觉得那是什么罪恶。至于医学院的学生，如果他们没有足够的临床积累，能成为合格医生吗？

这还仅仅是开始，确定恋爱关系后，韩津就带着杨真接触自己的圈子，里面有主持人、制片人、文化学者、宗教界人士，可谓往来无白丁，谈笑有鸿儒。杨真感谢韩津把自己带到一个顶尖精英的圈子里，他们也都知道韩津身边有个智慧的女朋友。

在那个圈子里，她开始听到马尔库塞、海德格尔、费耶尔本德，听到纳博科夫、沈从文，听到《瓦尔登湖》与《空谷幽兰》，并不时听到对科学的批判甚至咒骂。

杨真带着韩津回到自己家，正式向母亲介绍他们的关系。卢红雅并不喜欢这个人，但还是克制住，让自己接受了女儿的男朋友，三个人一起吃过饭、聊过天。卢红雅毕业于北京大学中文系，韩津还得叫老师。等母女二人相处时，杨真向母亲询问观感。

“妈，他是不是很正直的一个人？”

“也许太正直了。”

正直难道还能过分？那时候的杨真不理解母亲的忧虑。在恋爱婚姻上，卢红雅只有失败的教训，没有成功的经验，她只好提醒女儿，任何时候别失去自己。

“人要有良知，而不简单是有良心。良心只是一种情绪，没有知识做基础的良心很危险。”

正是这句话提醒了杨真。她开始冷静地看待这个一腔正气的男朋友。作为媒体人，韩津要走遍各地。轮到杨真有节假日，便会跟着他去探望晚期癌症病人、走访失地农民、参加非政府组织的活动。在私下场合里，韩津不用顾虑身份，会把自己的心声都讲出来。

“科学从诞生起就充满罪恶的基因，它就是撒旦，引诱人们远离自然、抛弃亲人。科学本身就是巨型毒品，所有的现代人都沉迷在里面不能自拔。作为社会的良心，我们文化人有责任把世人从科学迷信中唤醒。”

不，不是这么回事。看着眉飞色舞的韩津，杨真倍感陌生。她出生在科委家属宿舍，院里的孩子们早晚都能考上大学，只是选择清华、北航还是哈工大的区别。每天有那么多叔叔阿姨从面前走过，他们不是科学怪人，更不是科学坏人，他们饱满地生活，热情地助人，他们比一般人懂得爱，不都是父亲那样的冷血动物。

于是两个人开始争吵，从对一则新闻的评价，到一些事情的真伪。确实像李文涛说的那样，韩津就是科盲。最初为了迎合杨真，还就一些科学知识向她请教一二。后来就不再问了。“一名罪犯站在我面前，我不需要关注他外形上的细节，我知道他坏就行了。”

雄厚的知识积累一天天在起作用，杨真开始规劝韩津，对二甲苯没那么可怕，水电可以造福人民，手机使用的微波和可见光都是电磁波，论辐射强度还不如太阳呢。

“大哥，瘦肉精没你形容的那么糟，就算吃用它们喂出的畜肉，像我这个体重，一天吃两斤半猪肉，或者四斤牛肉，都不会有问题。”

“你怎么知道会没问题？也许一天没问题，一个月，一年后呢？”韩津说不出什么数据，只能抢白。

“一辈子都不会有问题！”

他们之间暴发的争吵，基本都是因为这些事。杨真最不希望他作为著名的媒体人，总是小题大做，断章取义。终于有一天，杨真决定教育教育他们。韩津那些同门聚集在他家里，策划新的电视节目。大家刚到齐，杨真就拿出一瓶液体和一个汤匙，走到他们面前。

“我知道，你们都崇拜蕾切尔·卡森，你们也担心瓜果洗不干净，上面沾染的农药会伤害健康。我估计，你们一年吃下去的蔬果瓜果，如果上面真有农药残留的话，不会超过这一勺的容量。”

杨真拧开瓶盖，倒了一勺液体。

“这是什么？”

“DDT！”

说完，杨真一饮而尽，吓得韩津马上拿过一瓶矿泉水。周围几个人也吓坏了，有的想打120，有的建议她去厕所好好吐一下。更有人怀疑是韩津做了什么事把她气坏了，现在当着大家的面使性子。

“不不不，你们想错了。我只是希望你们别疑神疑鬼，什么物质都有毒性，关键在于剂量。超过一定剂量，鸡蛋和水都能让人中毒。”

“大嫂，别大意啊，也许以后会致癌……”

“目前还没有任何DDT会致癌的证据。”

“那生孩子会不会畸形？你还得跟韩大哥生儿育女的。”

“这方面也没有任何证据。放心吧，我没别的意思，只是想让你们别再怕科学技术。你们都在电视台工作，公众把你们当专家，听你们的话。你们得避免向他们传递错误信息啊。”

杨真没成功，那次行动只是让她明白，这些人的观念何等根深蒂固。韩津把她拉到一边，“DDT你都觉得没问题？今天没有致癌证据，明天呢，后天呢？历史上那么多科技发明，后来不都被推翻了？”

“韩津，还有各位，你们想要什么？要完全没有副作用的技术？那得请上帝来发明。人类本身就有缺陷，怎么会搞出无缺陷的发明？科技只是求个利益最大化。不用DDT，全世界每年有一百万疟疾患者死亡，他们的命不值钱吗？”

“可那些致残、致畸、致死的人呢？”

“根本没你们说的那样多，再说，两害相权取其轻。汽车每年在全球撞死几十万人，电器漏电也会导致每年要死很多人，它们为什么不禁用？”

没任何人支持她，甚至没人想就DDT的专业问题向她请教。杨真准备了一肚子答案，却根本倒不出来。他们不用知道真相，他们只需要熟读几个信条。所有人，包括韩津都用看待怪物的眼光看着她。

杨真忽然想到别人讲的一条恋爱经验，如果你在另一半的圈子里没朋友，那最好分手。因为你们不是一个圈子的人。可是，他们已经相爱几年，这让她轻易下不了决心。

终于有一天，韩津替她做了决定。一个他的朋友悄悄告诉杨真，韩津身边可能有了后任。这个朋友平时和她也不熟，突然讲这么私密的话，杨真怀疑他是替韩津来当说客。

好吧，那就到此为止吧。两条路曾经交叉，并不能说明它们的终点会很近。

听到这，李文涛长长地吐了口气。

“怎么样？是不是很狗血？”

“没有没有，哪个女孩子会因为三观不合与男朋友分手？这一点不狗血，说明你做人很有原则！”

“打住，再夸我要脸红。对了，嫂子怎么样？孩子有了吗？”

李文涛今年36岁，身边多出两个人很正常。但是他摇了摇头。“没有，这几年我忙得很。”

◆ ◆ ◆

“医学人体实验，准确名称叫拓展性医疗，目前境内仍在进行的有204组，其中96%由跨国医药公司主持，或者由他们在中国的子公司主持。如果计算历年累积量，比例也差不多。本土医药公司为什么很少做实验？呵呵，对此我没有调查，只能推测他们是等着山寨别人的成品吧。”

又到了每周一次的分享会，杨真和同事们坐在下面，听史青峰讲他对中国医学人体实验规模的调查。史青峰算她的师兄，李汉云老师筹备这个调研室，只有他们两个弟子跟过来。

“然而，外国医药公司为什么跑到咱们这里做拓展性医疗，一个重要原因就是我们有关人体实验的法规十分落后，很多这种实验混在一般治疗过程中无人过问。而在发达国家，它们要经过严格的审批。”

史青峰将PPT翻到下页，画面上出现了一个病床上的黑人孩子。

“有个案例和大家分享。十年前，世界卫生组织有个医药研究项目，需要挑选被试编成对照组，研究艾滋病药物的效果。从科学角度讲，这是必要的程序。但是不管哪个组的被试，都必须是确诊的艾滋病人。其中一个组服用可能会有效的药物，另一组只给安慰剂，这等于判其中一半人的死刑。他们不敢在发达国家搞这种实验，只好去尼日利亚挑选被试。”

“结果，对照组的死亡率是实验组的五倍。这个案子揭开后引起轩然大波，后来还引发外交争端。我之所以想追踪拉格涅夫，就是要给咱们的司法界树个标杆，确保这种事不在中国发生。”

轮到龙剑发言，他结合自己的经历，把史青峰的话题进一步引申。“我跟着同事查过不少毒品实验室，最小的有多大？在一个集装箱里面！罪犯随时准备开着车跑，和警察打游击。生命科学领域最容易出事情，一个原因就是犯罪需要的场地很小。”

龙剑很有野心，知道这个调研室要成立的消息，主动申请从禁毒局调过来。他也有口才，大家爱听他讲话。接下来由迟健民讲技术预见理论，画风完全变了，像是老学究在课堂上照本宣科。

“……第三类方法叫模型法，其中又分成三种……”

迟健民的学问与破案完全不沾边，是李汉云主动提出调这个人过来。当时，部里的人事官员都不知道“技术预见”是什么意思。几个同事里面迟健民口才最差，讲起话来连个抑扬顿挫都没有，听众要强打着精神才不至于睡过去。

散会后，只有杨真没有走。“大迟，按我的理解，用你这些公式，可以预测一种技术什么时候出现，对吗？

迟健民点点头，难道她听进去了？这可不容易。

“不管那个专业你熟不熟悉，都能预测它的发展趋势？”

“规律的普适性，这正是科学研究的目标。”能有个认真的听众，迟健民顿时振作起来，“学术带头人都能凭经验预测本学科的趋势，但我想找到一般公式，只要把某个前沿课题的变量代进去，就能推测出大致获得成功的年限。”

“我这里正好有个课题，想请你预言一下。”

迟健民告诉她，要运用这个预测公式，必须先确立一个科研目标，而且要能数量化。“我想问的是脑功能定位，现在的心理学家能够细分到零点一毫米直径的位置，再小的差别暂时无法了解。请你预测一下，如果把定位精度提高到一个细胞的直径，还需要多少年？”

“要一个细胞一个细胞地去研究人脑？真能办到就太好了。”迟健民听懂了杨真要询问的目标，“不过你还要给我下面这些数据：当这项研究的精度从厘米……我猜，心理学家最初只能以厘米为单位来研究大脑吧？”

“差不多吧，19世纪末就是厘米水平。”

“从厘米精确到毫米用了多少年，从毫米精确到现在的零点一毫米用多少年。在今天，世界范围内有多少机构研究它，最近一百年投入的科研经费……哦，你如果拿不到一百年的数据，最近三十年、二十年、十年的也行，只是结论会粗糙些。”

两个人来到迟健民的宿舍，那里的电脑能接上外网。他们打开预测程序，迟健民一项项问，杨真逐个回答。脑子里没答案就到网上搜索。就这样折腾到半夜，他们把公式里的每个变量都找齐了。

“不好意思，太晚了……”杨真起身告辞。第二天，迟健民抱着IPad，给杨真出示答案。一边用手在屏幕上划着，一边打着哈欠。

“你算了一夜？”

“是啊……啊……我也想实战一下……你看，如果各方面条件充足的话，现在就能有人在细胞层次上研究脑的分工！”

“现在？”

现在可没有什么心理学家对人脑钻得如此之深，中外交流非常频繁，专业期刊都摆在那里，上面根本没有这个划时代的发现。

“这么说吧，如果明天有人宣布实现了这个目标，你都不用惊讶。”迟健民对自己的公式很自信，“按照推算，脑定位研究随时可以达到那个精度，它都算不上近未来技术。也许你对各国心理实验室的情况还不熟悉？”

杨真摇摇头，细胞长度在微米数量级，定位精度从零点一毫米到微米之间，至少还有两个数量级要跨越。她不记得哪国心理学家飞过这两级台阶。

“你看，专家数量、技术准备、相关设备、资金投入……数据都核实过。结论是，万事早就具备，只欠一场东风。”虽然没读过心理学，迟健民对这个答案比杨真还有把握。

“东风是指什么？”

“活人啊，可以做被试的活人！相关仪器连纳米都突破了，何况微米。可是道德和法律不允许在与医疗无关的情形下用人脑做实验品。”

是啊，如果这条顾忌被解除，心理学早不是现在这个水平了。杨真感觉头皮一阵发麻，她想起韩津说过的话：假如法律允许用活人做实验，生命科学家肯定会扔掉白鼠和兔子，冲着活人一拥而上。那是巨大的诱惑，即使不为名、不为利，单纯去满足好奇心，就足够让很多科学家这么做。

她又想起一段往事，前几年曾经遇到过几个心理学家。他们想做“经颅磁实验”，就是把人置身于人工强磁场当中，观察它对心理活动的影响。结果人们一听要这么搞实验，都害怕自己脑子受损，这几个人只好拿自己做试验对象。

其中有个人对杨真发过感叹，身为心理学家，他有一种冲动，想好好研究一下活人的脑。但作为守法公民，又不得不克制这种冲动！

然后，杨真又想起那位切断臂部神经的海德。是啊，如果海德能找到一百个人，难度又不高于找一百只白鼠，他还会不会做出那种牺牲。

“你怎么想问这个课题？只是专业兴趣吗？”迟健民把杨真从别的时空拉回来。她不知道怎么回答才好，这一刻，她在想王文龙被揭开的头骨，想到那个微型胶囊，想到里面的乙酰胆碱酯酶。为什么有人在别人的脑子里放这个？那根本不是治疗手段。

现在，杨真已经摸到了答案的边。只不过，她解开的疑点远少于由此产生的新问题。“等我猜到答案，再告诉你吧。”

“那早点哦，期待你成功。”

然而，真有人做了这种事，肯定不敢发表研究成果。他们想干什么？他们又想怎么干？

◆ ◆ ◆

几年的侦查经验锻炼出龙剑的嗅觉，再加上有史青峰从专业的角度给予支持，很快他就发现跨国集团——天平制药公司中国研究中心正在研究“不夜神”的替代品，项目开始的时间正好与拉格涅夫进入中国的时间一致，并且进展神速，已经进入临床实验阶段。网络调查表明，拉格涅夫虽然限于保密协议，从未加入任何商业制药公司，但与天平制药公司的人经常联系。

“所以，我们怀疑拉格涅夫秘密转移技术成果，帮助这家公司开发新型驱眠药。”龙剑和史青峰向李汉云汇报阶段性调查的结果，希望主任能让他们继续查下去。

“不夜神”是美国军方开发的驱眠药，用意是让士兵服用后保持长时间清醒，后来成为民用药物。它可以让服用者整整四十八小时不睡眠，而且精神旺盛，工作效率不下降。但这种药物一问世就大受质疑，睡眠是人的基本生理机制，人体要在睡眠中修补清醒状态下的生理损耗。让一个人长醒不睡，就像让一辆汽车开个不停那样充满潜在危险。

果然，更多临床药理实验证明，服用“不夜神”的副作用会在半年后逐渐显露。服用者精神低落、抑郁，自杀率大增。于是，“不夜神”上了各国精神类药品管制的黑名单，当年服过药物的美军士兵还在起诉美国国防部。

然而对于职场白领来说，能够开几天夜车，在竞争中压倒对手，那可是求之不得的好事。考生们更是乐意消费。驱眠药天生就有巨大市场，也吸引着天平制药公司寻求替代品。不过项目研发中心不是设在美国总部，而是放在中国。再加上它那出奇的研发速度，龙剑推测，拉格涅夫就是答案。他为了方便指导实验进程，并且躲开老东家的监视，才找借口长期留在中国。

下属有野心、有方向，对上级而言是一种幸福。李汉云拿到史青峰和龙剑的申请，反复研究，亲自上报到部里。没几天就拿到指示，由刑侦部门派人和他们一起成立小组，调查天平制药公司是否从事非法人体实验。于是，高科技犯罪调研室成立以来，第一次单独接受实战检验。

拿到尚方宝剑，龙剑意气风发地找到杨真："部里指示你看到了，史青峰、蔡静茹，他们几位都参加，你也来吧。涉及生命科学，我需要你的专业知识。天平制药公司做过哪些实验，对人有怎样的伤害，我不如你清楚。"

杨真坚决地摇摇头。"我还是想协助禁毒局解决'旌旗岭专案'，那里才有故事。"

龙剑坐下来，耐心劝导：“你知道李主任为什么这样支持我的案子吗？”

杨真摇摇头。

“咱们这个调研室刚成立，在部里很多同事看来，就是个务虚的机构。现在整个公安系统都强调‘警力下沉’，充实基层。这么个节骨眼上还成立调研机构，他们会怎么想？有人认为这个机构就是安排闲人用的。走出这个旧礼堂，人家都不用正眼瞧咱们。现在，咱们能够独立组织调查，这可是迈上了一个台阶。你去‘旌旗岭专案’，充其量是给别的部门打杂。”

官场上的事情杨真向来不敏感，她只是觉得“旌旗岭专案”值得深挖，答案很可能非同寻常。“李主任当然会为咱们室的前途着想。”她不以为然地回了一句。

“不光主任，部里对这个案子也很支持。准备投入大量人力、物力，务求水落石出。尼日利亚那个案例你知道了吧？我这个案件有重要的政治意义，能够证明咱们不是非洲穷国，也有健全的法制。”

这些大道理杨真都懂，但是，一切都还要看侦查会取得什么结果。杨真不想改变自己的选择。她担心如果自己退出“旌旗岭专案”，禁毒局那边就会去走老路，而那条路未必直通真相。

“揭个案子出来，刺激舆论，引起全社会重视，健全医药法规，将来惠及成千上万的中国人，意义非同小可。”龙剑兴奋起来，眉飞色舞，“来吧，杨真，跟我一起破这个案子，意义不是几条老毒鬼的烂命可以相比的。”

“老毒鬼？”

“吸了很多年，不可救药的那些人，圈里叫老毒鬼。他们不一定真要很老，三十出头就有可能人不人、鬼不鬼。我主动申请从禁毒局调过来，就是因为我从心里讨厌那些案子。不穿警服的时候我敢说心里话，它们查不查根本没意义。有人吸毒就让他们吸吧，社会上总有人自甘堕落，毒品的价值就在于把这些人分辨出来，让他们自我淘汰，给那些正能量的人留下空间，这有什么不好？”

把这些台前幕后的考虑，甚至私人想法都听清楚后，杨真开始收拾自己的办公桌。她佩服这个同事，不光能查案子，还能判断出案子的价值，不过这些似乎和她都没关系。

“多谢你提醒。如果主任没下令非要我参加，请恕我不主动报名了。我还是想再找找那几十条‘老毒鬼的烂命’。”

◆ ◆ ◆

李汉云不会给杨真下这种命令，虽然她在科室里年纪最小，但却是自己带了几年的徒弟，双方自有默契。再说，他现在更需要双鸟在林。从此，杨真自己去参加禁毒局侦查处的案情分析会。龙剑去组织对天平制药公司的秘密调查。

现在，调研室还在公安部大楼里，与禁毒局楼上楼下。杨真再次来到禁毒局会议室，才知道要分析的对象不是那些老毒鬼，而是大名鼎鼎的足球运动员乔帅。此人今年二十五岁。原是北方某足球俱乐部替补守门员。半年前因出色的成绩挤掉正选门将，从此创造出十八场正式比赛不失球的惊人纪录，其间还扑出过四个点球，被同行看成百年罕见的守门天才。

队友私下对记者说，乔帅平时训练中可以扑出全部点球！这已经超过了人体神经反应速度的极限。当时就有人怀疑他吃了什么药，体总的反兴奋剂中心也把他当成重点怀疑对象，然而乔帅平安通过了各种严格检测。人们只好承认他或许真有特殊天赋，甚至不乏谣传他有特异功能，可以察觉对方球员射门时的想法。

不过乔帅极端怪僻，以前在队里就很不合群。不知出于什么原因，乔帅很快与母队产生矛盾，被俱乐部停赛。乔帅突然离开球队，换掉手机，从此人间蒸发，甚至父母也联系不上他。

一时间乔帅去向成谜，有人说他吸毒，身体突然垮掉；有人说他赌球输钱，被人追杀；有人说他就是故意躲起来要挟俱乐部。现在，真实情况摆上案情分析会。乔帅躲到邻市一家洗浴中心，在那里连吃带住待了半个月。最后因为与服务员口角，一时激愤，竟然跳楼自杀！

“乔帅死于自杀，现场有数不清的证人，洗浴中心的监控不光有他最后时刻的录像，还有他这半个月在里面的行踪。自杀不用怀疑，但我们搞不清自杀的原因。”

由于怀疑乔帅涉嫌吸毒，这个案子也报到禁毒局侦查处，同样是陈处长在介绍案情：“我们最初怀疑他在吸毒后产生幻觉，不过尸体里没检测出任何毒品残留。小杨，又要用到你的专业了，他会不会是患了抑郁症？这种病自杀率很高啊。”

看过监控录像，杨真摇摇头。“抑郁症患者走路时有特殊的姿势——驼背、含胸、举止缓慢。平时，他们会对各种事情都缺乏兴趣。可你们看，乔帅明显动作过多，就像猴子一样抓耳挠腮。还有，这半个月他待在洗浴中心，每天都去里面的健身房，坚持大运动量训练。我看他倒有点像轻躁狂状态。另外，抑郁症患者食欲下降，体重也下降。乔帅这段时间一直大吃大喝，你们瞧他死前这几顿自助餐，每次都堆一桌子，简直是暴饮暴食！”

接下来由法医介绍情况。“乔帅尸体上有个可疑的地方，就是头骨同样被打开过，和王文龙头骨一样，也在左侧同样位置。家属和俱乐部都不知道他接受过任何开颅手术。试想，一个人需要开颅，病情该有多严重，但是他偷偷摸摸做这种手术，还向亲朋好友保密，非常可疑。”

“呵呵，这个朝仓也跳下去了！”在座一位老警官开了个玩笑。朝仓是日本电影《追捕》里的角色，因为服用中枢神经阻断剂，神情恍惚，任人摆布。凶手让他跳楼，他就飞身撞碎玻璃跳了下去。座中上了年纪的警官都记得这个电影情节，他一开口，大家也都知道他在指什么。

但是，这种药只是电影里的虚构。他们都是老警官，经常接触“迷魂药”之类案件，知道这是民间谣传，并无实据。

投影仪上播放着法医解剖录像。与王文龙的尸检对比，确实是两个完全相同的创口，也让警方立刻把这两起迥异的案件联系到一起。“乔帅以前吸毒吗？”杨真问道，“媒体上有人推测他曾经吸过毒。”

“据调查，他吃过‘冰’，没吸过其他毒品。”陈处长说道，“运动员圈子里流行俱乐部毒品。他们既要追求快感，又得拿自己身体赚钱，不敢乱来。”

“看来他和‘旌旗岭专案’里面那些失踪人员不是同一类型。”一位警官说道，“那些人都吸毒多年，失踪前半死不活，人鬼不分。”

“这次尸检有没有找到那种微型胶囊？”杨真又问道。

“没有，但不能说明它不存在。”法医认为有可能已经被乔帅的脑组织吸收，他在洗浴中心待了足足半个月，脑部动手术肯定在此之前，微型胶囊被吸收的可能性极大。

陈处长又调出另一个视频文件，画面上，乔帅在洗浴中心里歪七扭八地走着路。有位老警官是个球迷，见状惋惜道："没想到他把自己搞成这样，我还是他粉丝呢。"

"有可能是共济失调！"杨真从乔帅的走路姿势里看出了问题，众人把眼光都转向她，"这是脊髓里面发生的一种病变，患者无法感觉到下肢的位置，不知道一步迈出去会有多远，也不知道腿抬得有多高，只能试着走路，动作连续起来，就成了这个样子。"

"有什么兴奋剂或者毒品可以导致共济失调吗？"陈处长问道。

"目前还不知道。"

老警官叹道："也许他是因为得了这种病，知道没法再吃体育饭，悲观自杀？这就可以说明他以前那些奇怪举动了。"可能因为是乔帅的球迷，老警官不由自主地给他一个值得同情的解释。

陈处长又问杨真："你说的这个病，发病时间长吗？"

"可能……要两三年的样子，症状会缓慢出现，慢慢加重。"

"那就肯定不是这个病！一个月前他还在正式比赛里

扑出过点球呢！”老警官自己否定了自己的推测。

杨真不爱看足球，会前根本不知道乔帅这个人，更没见识过赛场上他那敏捷的身姿。难道自己错了？如果他现在已经病到这个程度，一个月前病情也应该很厉害才对。

“可疑之处就在这里！”陈处长听罢反而很兴奋，“不管是不是你说的那种病，一个健康人发现自己走路都不利索，肯定要去医院求治才对，怎么会泡在洗浴中心里？这说明他很清楚自己的身体会出这种意外！”

听大家讨论了半天，杨真对乔帅的经历已有所了解，忽然问道：“您刚才说，他在比赛中以行动敏捷著称？”

她问的是老警官，后者很熟悉乔帅的经历。“是啊。有报道说，乔帅开始守门员专业训练过晚，导致基本功不扎实，所以一直当替补。他后来在场上有这样的成绩，完全靠反应速度快，并不是技术水平有多高。扑球的手形，出击的时机……算了，大家不看球，我就不卖弄了，总之，他的基本功一直不行。”

王文龙的反应就很快！一道闪电在杨真脑子里亮起，她有点激动地站起来。听到前辈们善意的笑声，才不好意思又坐下，克制住激动提醒大家。

“还记得王文龙的案件吗？他的许多肌肉都有拉伤痕迹，下肢关节头磨损严重，为什么？我猜想他的神经系统被改造过，神经反应速度因此加快。可是人体有八大系统，只有神经系统提速，其他系统并不能适应。”

“就像给老爷车里装了新型发动机？”

“是的，肌肉和骨骼首先就不能适应兴奋性的提高。还有心血管系统，供血量要提高很多才能维持。还有消化系统，尸检显示王文龙有严重的胃病，因为他要吃下更多食物才能补充激烈运动的消耗。另外，食量虽然很大，可身体却没有多少脂肪，因为他已经把能量消耗了。接下来还有肝功能、肾功能等，因为大量进食，它们超负荷运转，都受到严重损害。”

大家望着杨真，室内静悄悄的。是的，这些都写在王文龙的尸检报告上。这个人体内已经百病缠身，行动上却又能以一当十。杨真问道：“乔帅的尸体上有类似情况吗？他的运动系统怎么样？”

“确实有很多损伤。”法医已经从心里开始佩服这个女孩子。也许是自己见怪不怪，失去了职业敏感？“他是专业运动员，所以，我开始认为他有这么多运动损伤很正常。”

散会后，陈处长走到杨真面前：“那种给神经系统提速的技术，是哪国发明的？”

“处长，那只是我的推断。它比现在的脑科学技术高超很多。可能需要请顶尖专家来提供答案！”

陈处长点点头，又说道：“你很有潜质，愿不愿意调到我们这里？”

调走？杨真可从来没想过。她刚来到调研室，这个小部门也才运行个把月。“你那里没什么前途，可惜了你这么个侦查高手。”

“其实……”杨真想起龙剑在私下场合说的话，虽然政策上不正确，但不等于杨真从心里不认同，“我倒没太关注毒品问题，我总觉得这个案子查到最后，可能和毒品根本就没关系。”

# 第七章　和他在一起

“你没结婚我理解，为什么也没交男朋友？”

再次见面时，李文涛在声音里又增加了热度。杨真心里一阵温暖，看样子他是真替自己着急。“也有过，不止一个，都没走到底。”杨真抿嘴一笑。

韩津是杨真公开的初恋，分手后她身边又有过两个男人，但是交往时间越来越短。他们人都不错，就是格局太小。也许因为初恋就是著名主持人，跟着他长了不少见识，杨真很难再接受平凡的男人。

她这次来是要请教问题，李文涛总把话题拐向男婚女嫁，杨真也不得不陪着说几句。她拿起一个塑料球，扔到屋子中间，看着它翻翻滚滚，趺趺撞撞，最后稳定下来。“我只是觉得，人要先在社会上定好自己的位置，才能考虑和另外一个人的关系。妈妈和以前的我都是爱得太早，自己还在找位置，又得和另外一个人拴在一起，顾虑和他的关系，这样太累了。”

“你这观点很女权啊。”

“女权吗？没有吧？真的吗？”

"是啊，你很自立，难道不是很女权吗？"

杨真刚读研究生那年，几个女权运动积极分子找到杨真，请她参加一次网络抗议活动。她们听说她有个主持人男朋友，想蹭下热度。杨真答应来转播现场看看，一进门，就看到刚竖起来的标语——我的阴道我做主。

"抱歉，这个活动我就不参加了。"

"怎么，你没勇气站在这块标语下面？"

"不，我只是觉得……大清已经亡了。"

生长在科委大院，杨真和那些姑姑阿姨们一样，对女权话题没兴趣。许身科学的女人个个都很独立，更想在事业而不是婚姻中证明自己。也许反过来，是这些女人因为个性独立才选择科学？杨真不知道谁是因，谁是果，她只知道，自己就一直这样生活着。

"你知道吗？有一次你盯着肌电描记器做记录，眼睛一眨不眨。我看着你，忽然觉得你非常漂亮。"周围没有孩子，李文涛站在矫正中心的活动室里，说话的时候，眼睛里透着异样的亮光。

杨真坐在一张简易塑料椅子上，看着以自己为中心绕圈子的李文涛。"真的吗……"她张开嘴，声音忽然有些沙哑，好像什么东西堵住了喉咙。“你的意思是我平时不漂亮？”她用顽皮化解了尴尬。

李文涛拍拍脑袋，像是在怪自己怎么说了这么句蠢话。“其实，其实这么多年我一直想知道，女人除了衣服和化妆品，有没有可能对科学实验也抱着同样的兴趣。可惜除了你，我再没有遇到第二个。”

“说明你还要多接触女人才行。”杨真想赶快结束这个话题，或许因为工作繁忙，重逢的喜悦过去后，她并没有更亲近一步的想法，“对了，当年你和我说过，中国人的动作节奏比外国人慢很多，应该彻底改造才行。”

“我说过吗？好像说过……当年很愤青嘛，谁都有过那个阶段。”

“那你觉得，这种技术已经存在了吗？”

“什么技术？”

“提高人体神经反应速度的技术？”

李文涛想了想，指指周围的设施：“你瞧，我天天跟孩子摸爬滚打，早不接触前沿课题了。不过我倒是可以帮你从逻辑上去分析。”

“嗯……”

“人类为什么要发明这种技术？制造超级士兵？训练飞行员？有了自动化技术以后，人类再怎么敏捷也赶不上机器。”

谈了一会，杨真发现李文涛对心理学前沿动态的了解还不如自己。是啊，去年这个时候，她还是犯罪心理学博士研究生，李文涛不知道离开学术圈有多少年了。

“所以，今天你又只是因为工作才来找我？”李文涛显得很失望。

“真的很抱歉，把眼前事情忙完，咱们找个时间好好聊聊。”

杨真离开这间小小的工作室后想，那个高瞻远瞩的李文涛已经成为过去，社会上少了一个志向远大的青年，多了一个自食其力的普通人。仿佛准备很久的火箭，因为从未发射，已经是锈迹斑斑。

没从李文涛那里得到有用的帮助，杨真又去找另外一个专家，李文涛以前的同学肖西光。他在跨国企业工作多年，曾经参加过英特尔公司一项划时代的研究——绘制人脑认知地图。现在，肖西光在跨国公司辉煌制药里担任中方技术总监，妻子林慧娟给他当助手。想当年，李文涛对谁都不服气，唯独说他这个同学能成大器。

“参观？你直接去试试呗。”大学时期，林慧娟和杨真一起吃住多年，不分彼此。

“我能去试？听说开机一次挺贵的？”杨真说的是最新型号的核磁共振仪。

“放心吧，我们正在采样，你就算个志愿者。”肖西光主管实验，他给杨真递过一份协议书，声明志愿者理解此项人体实验的意义和潜在危险，自愿参加实验。这让她想到龙剑那边的案子，跨国公司组织人体实验，都是这样规范吗？

“别的不知道，辉煌制药是德国企业，很严谨的。”

林慧娟带着杨真来到实验大楼，先是参观各间实验室，这让杨真大开眼界。“他们怎么不刷试管？”她指着两个实验工员问道。

“项目方有钱呗，我们都用一次性试管。”

这又让杨真想到当年李文涛刻板的要求。想当初，不管两人聊得多开心，只要她没按要求刷试管，李文涛总会把脸绷起来。

转了一圈，林慧娟把杨真带到隔音室里，房间中摆放着核磁共振仪，比起当年让李文涛心动的正电子发射层析照相仪，这东西要先进得多，芯片功率提高了几个数量级，巨大的中国市场早就让瓦森纳协议名存实亡。

杨真换上宽松的实验服，把所有金属物件放到外面，进去后躺在软垫上，感觉像是陷在水里，全身很快放松下来。她不用喝放射示踪剂，也不用往脑袋上涂导电膏。没想到毕业才几年，技术就发展到这种程度了。

全身放松以后，林慧娟的指导语在耳机里响起来。“现在请闭上眼睛，呼吸……好……请回忆你平生最爱的人。”

怎么会是这个问题？好吧，这很容易，杨真集中精力，回想着妈妈的样子。

“好，请放松……放松……然后回忆你平生最恨的人。”

最恨的那个人？一个场景自动跳进杨真的脑海，那个人指着她的鼻子吼道：“我为什么有你这个女儿？都怪我当年没控制住自己！”这话堆在十几岁的杨真心上，即使过去这么久，只要一想起，她仍然会觉得呼吸开始急促起来。

“好，请放松……放松……”林慧娟在杨真的耳边放了一首幽静绵长的曲子，直到她的心跳和血压都恢复正常，才把盖子打开，扶她站起来。两人来到外面，林慧娟操纵着键盘，显示器上出现一个变化的图案，大体上是人脑的轮廓。

“当你想到最爱的人时，整个脑部活动是这样的。想到最恨的人，脑部又是这样活动……对了，问句实验之外的话题，你最爱的是谁？”

“老妈呗。”

“好吧，我就当你说的是真话。”她们俩打闹惯了，聊起来没有顾虑。

这台仪器价值三千万人民币，拍那两张脑血流活动的即时图片，实验过程不足一刻钟，已经花去近千元成本，杨真不禁感慨这个实验项目的规模。“辉煌制药一共要投多少钱？”

“估计有几个亿吧。一多半实验任务都分给我们，中国的人工便宜呗。”肖西光不到四十岁，这笔经费中间，至少一个亿归他掌握。

不到十年，杨真就目睹了如此飞跃性的进步。或许世界上的某个角落里，真有谁在别人的脑子里动着鲜为人知的手脚。她问肖西光，有没有可能用技术手段提高人的神经传导速度。

“假如真有这种技术，它不会是从外周部分入手。改造全身的神经系统，要做很多小手术，最经济的办法就是从脑部着手，通过改变脑的某些部位，逐渐影响外围神经系统。当然，要实现这个目标，必须先进行精确的脑功能定位研究。”

“精确到你这里的水平吗？”杨真指指自己的脑血流图。

“你觉得这就很精确啦？”

“是啊，当年我们在实验室里，不是还要往脑袋上贴电极片吗？”

肖西光摇摇头，这些仪器确实达到了世界最高水平，但距离他的理想目标还差几个数量级。定位研究结果仍然很粗糙，导致基于定位研究的脑外科手术也极不精确。

“就拿不久前被叫停的戒毒手术来说，医生要在病人脑中烧出八毫米直径的伤疤，而且要烧不止一个。人脑才多大一坨？如果把脑比喻成地球，这就像为了毁灭金三角，把东南亚全部炸平。”

“怎么才能实现你要的那种精确度？”

“很简单，直接在活脑上研究！这就像秦始皇陵，不直接打开看看，在外面用什么仪器去探测都是瞎猜。”

“好恶心。”一旁，林慧娟夸张地用手在鼻子前面扇了几下，“那是731才干的事。”

“呵呵，所以我也只能想想而已。”

杨真很想告诉他，可能已经有人把它变成了现实，话到嘴边又改了口。“那么，您知道国内在这个领域，有哪些科研机构比较领先？”

肖西光扳着指头数起来，可能有哪个科研院所，谁是课题负责人，团队里都有哪些高手，研究到了什么程度，杨真拿着手机录音。

离开肖西光的实验室，杨真又想到一位值得请教的专家，就打通母亲的电话，向她要肖毅的联系方式。

“你要找肖老师？”

“这次不是去要签名，工作上有事想请他指点一下。”

“他在法兰克福参加学术会议，得下周回来，你等得及吗？”

杨真等得及，不过她有些奇怪，看来妈妈和肖毅老师非常熟，张口就能讲出他的行程。

◆ ◆ ◆

靠私人侦探所为生，刘楚强对黑白两道的顾客来者不拒。不过眼前这位顾客让他有些头痛。平哥公开身份是成功企业家、区政协委员。白道势力大，黑道上做的事又足够狠。这么折腾，不知道哪天就进去了，还能连累一批人。

烂尾楼之役过后，平哥担惊受怕了好一阵。卧底已经发展到自己身边，谁知道警方在他那里挖了多深。不过那个神秘人的来头似乎更大，警方为抓他，甚至不惜损失一条隐伏多年的特情线索。

平哥摸了下底，确认张继东没从自己这里拿到过硬证据，遂嘱咐手下把毒品生意停三个月，看看公安动静再做决定。

警察还好办，没拿到确凿证据不会动手。那个神秘人可完全不讲规矩，道上还没有谁像他的手那样黑。不除掉此人，日后绝对是个威胁。这天，平哥没打招呼，只带了一个保镖闯进刘楚强的事务所。借端茶倒水的时间，刘楚强稳定了一下情绪。他知道，平哥硬塞给自己生意，肯定不是什么好事情。

“我知道你是‘蹲厂’高手。给你一单买卖，带我的弟兄到这几个地方找一家秘密工厂，有可能是加工K粉或者冰毒的地方。”

如今有许多非法的秘密工厂，有的生产假冒产品，有的生产盗版音像，有的加工毒品。这些工厂都建在偏僻地点。厂主找几间村舍把墙壁打通，封好外墙，里面就可以藏一条小型生产线。有的秘密工厂生产规模大，不容易藏在民居里，他们就注册一家公开企业做掩护，秘密设备藏在厂房深处，让违禁物品混在正常货物里进进出出。

这类工厂一旦查出，必然会被摧毁。但执法部门人力有限，无法及时追查到它们的位置。只要挺上一年半载不被发现，黑工厂就能赚回几倍利润。不过，其他秘密工厂只有官方在意，唯有制售假冒产品的秘密工厂，会伤害到正规品牌厂家的利益。后者会雇用私人侦探，到处查找秘密作坊。这些侦探要长期蹲守在目标附近寻找线索，圈内行话就叫“蹲厂”。

那些厂主也不是善茬，发现有人“蹲厂”，就叫保安把他围起来一顿毒打，一定要打到残废为止，以儆效尤。如果警方过问，就说怀疑此人是小偷，工人出于义愤动手致伤。有时候黑工厂的人出手过重，还闹出过人命。

刘楚强当年便靠“蹲厂”起家，入行后揭开过十来家秘密工厂，圈内对此颇有好评。不过他目睹同行们或死或伤，自己也在死亡钢索上走过，已经不想再干这行了。看到平哥这单生意，目标还是个毒品加工厂，他更是犹豫不决。

平哥并非光说不练，交代完情况，就掏出一张银行卡扔到刘楚强面前。“十万块，就算是你的活动经费。我叫个兄弟跟着你打下手。他脑子不如你灵，但打架肯定没问题。”

平哥设套诱捕神秘人之前，黑道诸君还不能肯定真有这么个人存在，现在他们已经不再怀疑了。平哥手下大将阿涛，以前替他管一片地方。一来想为老大分忧，二来也为巩固自己的位置，阿涛想私下里去钓这条鱼，结果自己作为鱼饵消失了。

知道阿涛消息的伙计报告出他最后失踪的位置。平哥便以此为中心，圈了半个县域作为调查重点，请刘楚强去

“蹲厂”。

直到现在为止，平哥对这件事的判断就是，某个同样搞新型毒品的家伙暗地里抢别人饭碗。所以，他们一定会有间秘密工厂。

◆ ◆ ◆

这几天，李汉云很少露面。龙剑的调查越深入，天平制药公司就越显得清白。难道那真没什么油水？同事们都在议论这个调研室的前途。总闷在屋子里搞研究，在公安系统里真有很大意义吗？还有人说，这个名不正言不顺的调研室最终要被撤并！高科技犯罪？这个问题要在中国受重视，不知要等到猴年马月，李汉云的思维过于超前。

杨真没时间关注这些，埋头在“旌旗岭专案”的卷宗里，专业知识带给她不同寻常的角度。花了一段时间，杨真把自己对案件的推测整理出来，拟定了一个侦查计划，提交给李汉云。

调研室自从成立后，一直都没有侦查权限。“旌旗岭专案”属于禁毒局管，他们只是提供协助。杨真对自己的申请能通过并没抱多大希望。没想到李汉云上午收到报告，下午就找她单独谈话。

“你认为在这些案件里，有人用活人做脑实验？”

“是的，这个案子之所以推不下去，是因为大家只是从传统作案动机去推断。当年日本731部队为什么吸引那么多医学家？他们可不是被迫的，也不是为了虐杀的快感。能够毫无顾虑地用活人做实验，对于某些科学家来说太有吸引力了，普通人很难理解这种诱惑。”

李汉云看过分析报告，能够接受杨真的推理。但是要沿着这个方向走下去，那就和贩毒案无关了。“只能咱们自己去证实，你有没有具体侦查对象？”

杨真打开手机，调出几张照片，这是她从肖西光那里得到的线索。

“这个叫吴海清的人最可疑。他拿过认知心理学博士学位，去年突然离开脑科学研究中心，回老家办起石材加工厂。这两个行业跨度太大，即使吴海清厌倦了科研生活，想去赚点钱，也应该选择去某个高科技企业应聘才对。而且这种耗电量很大的工厂，经常被用来打掩护。有不少秘密工厂都伪装成石材厂。它们在院子里放几台机器，装模作样搞加工，大部分电力都用来制造违禁品。”

不再依附于其他部门，自己独立调查，一群办公室的书生有这个力量吗？但不管怎么样，李汉云都要这么干。他要保住调研室，要证明它存在的意义，要证明高科技犯罪并非远在天边。

“好，我派小韩和你一起去。他觉得在这里待着没意思，写了申请要回科技司。我想让他接触实战，也许会改变他的想法。不过咱们室按研究部门设置，我批不出那么多经费。你们两个人得省着点花。”

“放心，我一定带回来过硬的证据！”

“而且你要注意，当地警方可能无法认同你这些推断，不会配合咱们。所以到了现场，一切都要靠你们自己解决。”

# 第八章　首次出击

云顶沟镇来了一位年轻女画家。她在旅馆里租了单间。每天爬到附近山坡上，支起架子写生。一天后，又有个外地客商来到这家旅馆租了房间，声称自己在收购土特产品。

按照事先布置，杨真在山顶上选好角度，一边伪装画画，一边居高临下，观察下面山路拐角处的石材厂。从杨真的位置看下去，石材厂里面的情形放眼无遗。韩悦宾待在暗处，观察石材厂的动静。这个镇子地处进山要道，是个物资集散地，平时人口流动很大，没人注意他们。两人白天并不接触，到了晚上才悄悄凑在一起交换意见。

杨真不是宅女，但她从小就能坐得住，可以长时间地观察。小时候经常看到父亲用双筒望远镜观星，十几分钟纹丝不动，星星当然也不动，人与星组成彻底静止的画面。杨真也继承了这个本领，需要的时候能坐上几个小时。

小厂设在镇外，离中心有几百米距离。加工石材要使用大量化学品，又要使用电磨、电锯，气味难闻，噪声很大，还要排污，必须远离居民区。一条公路穿过镇子进入山区，在小厂这里正好拐一个大弯。有一条几十米长的简易岔路通向厂门，看样子是设厂时修建的。

这里虽然远离城市，却有丰富的水电资源，离镇十公里就有一座大型水电站。电力局还给石材厂架设了专门的变压器，可见它用电量之大。厂区附近就是山，石料来源极为丰富。每日里大车小车拉进原料，运出装饰用石板，它们最后会铺进大城市的宾馆酒店、高档住宅。

厂区一侧贴着山体，建有一幢两层厂房。天气好的时候，院子里摆满加工设备，工人们就在院子里忙碌。用机器切削石材，噪声和粉尘都很大，人们不愿意闷在屋子里干这种活。不过他们的业务量看起来很小，工人们经常坐下来谈天、抽烟，甚至打几圈麻将。吴海清就是看到了也不管。

总的来说，这是一家再正常不过的石材加工厂，当地还分布着十几家类似的厂子。唯一的疑点就是它那位不大正常的老板。一个研究脑科学的专家，不要说专业技术与眼前的生意毫无关系，就是那笔开办费都来得不清不楚。

杨真确实有绘画基本功。她爬上山坡后就隐在树林里，用小型望远镜观察石材加工厂。她先盯着吴海清，再看有什么人出现在他身边。画架摆在那里，如果有人接近，会发现上面画的正是对面的山水风光，杨真还会不时添上几笔，把画家的姿态做足。

这个专门调查高科技犯罪问题的机构最初的办案条件连基层警察都不如。他们只有这些观察手段，也不能佩枪。吴海清就是本地人，关系熟络，他们担心走漏风声，甚至不敢惊动当地警察。

大部分时间里，吴海清都待在楼里。有时会走出房门到院里看看，极少走出厂门。事先调查表明，吴海清回乡办厂后，几乎没离开山村去外地搞销售，客户都是自己上门交钱提货。

三天后，杨真已经拍到了几个嫌疑人的照片。他们都在院子里和吴海清谈话，看穿着打扮明显不同于民工。距离太远，杨真听不到他们说什么，但通过肢体语言，可以判断他们之间的关系很密切。

这些照片传回调研室，李汉云组织人手到部里去比对，很快搞清了他们的身份，要么是生意伙伴，要么是镇里的干部。其中有两个外地人值得关注。一个叫王明杰，今年二十九岁。四年前因为暴力行为过多，由当地公安部门强行实施扣带回损毁术，还在精神病院待过半年，后来由家属将他接走。扣带回损毁术的受术者往往形同废人，举止呆滞，王明杰看上去却与正常人无异。

还有一个人叫叶平，三十岁，也住在小楼里，只在院中出现过几次。此人曾经在中州医学院当过实验员。后来辞职下海，原单位同事都说他性格怪僻、不合群，下海后更没有人再联系到他。

杨真又请后方调查叶平的工作背景，包括他曾经参加过的课题组、发表过的论文。结果发现，叶平以前的研究领域就是神经递质与疾病的关系！一个认知心理学专家，一个神经生理学专家，一起待在村镇工厂里，这几乎是不可能的事。

接下来查到的材料让所有人大吃一惊。当年给王明杰主持手术的医生叫路建伟，不久前被人残杀，案件迄今未破！在这起凶杀案中，王明杰从未被当地公安局列为怀疑对象，专案组一直在排查可能与死者有利益纠缠的人。

现在，王明杰却和两个神秘的医学专家混在一起，各种线索都指向一个危险的答案。晚上，杨真与韩悦宾一起商量下一步的侦查方法。韩悦宾提议寻找当年建这家工厂的工程队，向他们索要施工图纸，了解厂区里是否会有秘密空间。

“这不是随便改造一下民房，当初肯定要请专业施工队。”

杨真觉得不如马上通知县公安局，组织大队公安干警去搜查，也许里面正有某个受害人挣扎在生死边缘。

然而，他们立刻发现自己撞上了规划的壁垒。高科技犯罪问题调研室没有刑侦资格，无法申请搜查证，这两条哪个都办不到。

“如果再没有新线索，你们马上回来。我把资料提供给禁毒局侦查处，由他们去办。”李汉云在千里之外下了命令。

“可是，如果根本没发现毒品交易线索，他们会插手吗？”

“你们先回来，目标很危险！”

◆ ◆ ◆

与此同时，另外还有人也盯着这家古怪企业。

刘楚强几乎和杨真同时进入小镇，保镖大强紧紧跟随。在烂尾楼顶，大强中了对方闪电般的一击，对此耿耿于怀，非要亲手抓到神秘人不可。

善于“蹲厂”的刘楚强不懂什么高科技，但他有自己的思路。一直从事经济调查，刘楚强习惯先从目标的业务渠道入手。来这之前，刘楚强先调查了这家工厂的业务往来，发现它只有一个客户，就是几百里外省城一家装修商行，石材厂等于那家商行的加工车间。而该商行的经营松松垮垮，业绩平平，然而开办两年多却始终不倒闭。

刘楚强知道，这种贸易公司往往是洗钱工具。出资人根本不管它本身是否赚钱，只是需要账号注入黑钱，在账上倒来倒去，最后洗白。

来到云顶沟以后，刘楚强留心那些进出厂门的车辆。他熟悉各种货车、槽车、冷冻车的特点，哪些车辆改装后可以夹带违禁品，通常会在什么部位改装，心里更是有本细账。出道后，刘楚强最得意的是从油罐车里找到一辆走私轿车！

大强没这些经验，但他人高马大，警惕性高。为了让他更好地配合自己，刘楚强把思路讲给他听。“线索就出在这些车上，咱们要记下每辆车的号牌，尤其是厂子里自己的车，它们去哪里一定要清楚。”

很快，刘楚强摸清了基本情况。不算外来车辆，这个工厂只有三辆车。两辆小货车拉进原料，接送工人。还有一辆是由拖拉机牵引的污水车，后面有个很大的自制污物罐。在城市环卫系统里，这种车用来运送粪便。这所厂子没有那么多粪便可运，污水罐本身虽然锈迹斑斑，但并不脏。

盯了几天，大强远远看到王明杰，小声对刘楚强说：“我看这小子就是那晚上搞事的家伙。”

“哦？当时深更半夜，你能看清？”刘楚强知道他们围捕神秘人的事情。

“你不懂，我从小练摔跤，天天观察对手的身材。让我记人的长相，我可能记不清，但人的身材有什么特点，我过目不忘。那家伙腿脚好像有毛病，一瘸一拐的。”

“一瘸一拐还能对付你们这么多人？”这可是刘楚强第一次听到。怕平哥怪罪，大强把神秘人形容得像美国队长一样强悍。

“所以才古怪！”大强告诉他，夜晚那家伙驼背，两脚一高一低，却能走得非常快。“你看这个人走路，像不像脑血栓的瘫子？就是速度快了几倍。”

刘楚强远远观察，王明杰走路确实有这个特点。假如把脑血栓患者的动作加快几倍，就和正常人无异，但姿势会很古怪。难道真是那个杀人不眨眼的狠角色？刘楚强倒吸了一口冷气。

污物车在院子里停了几天，终于又出动了，由王明杰驾驶，出了厂门就往后山跑。刘楚强骑着摩托车，载着大强远远地跟着它。污物车离开云顶沟十几里外驶离大路。刘楚强心里暗急，他们如果也开下去就会暴露自己，如果放弃跟踪，则会失去目标。刘楚强只好放慢速度，磨磨蹭蹭延着大路驶下去。

好在污水车并没有离开视野，开到附近一片平缓河滩就停了下来。那是一片不长庄稼的乱石滩，山民平时根本不到这里来。污水车停下来，王杰明打开阀门，向河里倾倒着什么，不久便开车返回大路。

刘楚强和大强绕到远处，隐藏好摩托车。等污水车返回厂区，他们便悄悄走向乱石滩。离得很远，两个人就闻到一股刺鼻的酸味。“是硝酸！”刘楚强经常“蹲厂”，熟悉常见化工原料的气味。要加工石材，硝酸必不可少。流经云顶沟的河流是镇上的水源，这里则是小镇下游很远的河湾，工厂把剧毒污水拉到这里倾倒，虽然违法，但是当地人并不在意。

刘楚强怕鞋子沾上硝酸，没敢走到污水倾倒处。但只是远远地观察，又看不出名堂。他和大强只好往回转。刚坐上摩托车，突然冒出一个灵感，刘楚强翻出一双用旧轮胎剪成的鞋套，穿在旅游鞋外面，又戴好橡胶手套。这是他平时入室盗取商业文件时的工具，避免留下指纹和鞋印。

装备停当后，两人回到那片乱石滩，刘楚强忍着刺鼻的气味在河滩上寻找着。“咱们找什么？”大强不明白。

“人体结石！”

“那是啥……天啊，难道他们……”

大强脑子不算笨，马上明白刘楚强的推测。那么多吸毒者活不见人，死不见尸，这倒是一个合理的解释。他在道上见多识广，知道以如今公安部门的刑侦力量，凶手想把尸体藏到任何人都翻不出来的程度谈何容易。任你碎尸、沉湖、埋藏、焚烧，早晚都会暴露。何况还是传说中的几百具尸体，用硝酸融解最为可行。

果真如此，这个神秘人，不，这伙神秘人比平哥还要狠辣。

大强没有鞋套，站在远处望风。刘楚强在倾倒场里慢慢寻找着。大部分污物都流进河里，不过他有足够的耐心，一块块、一片片地仔细察看。

终于，太阳滑到山背后时，刘楚强找到了他要找的东西。不过不是结石，而是一块指甲大小的金属残片。

◆ ◆ ◆

好吧，杨真和韩悦宾准备收兵回京。偏巧云顶沟镇一带山区开始下大雨，担心遭遇滑坡，往来客车都停发了。两人商量后认为，反正一时走不了，不如靠近侦查一下石材厂。于是他们穿好雨衣，杨真拎着购物袋，装着买东西的样子离开旅馆，顺着大道慢慢接近那家工厂，韩悦宾悄悄跟在她后面几十米处。

慢慢地，杨真走到工厂附近的林子里。此处已经没有商店，两边只有树林和草丛。雨不疾不徐地下着，路上也没有行人。杨真停下来，正准备掏出手机拍照，突然背后响起一句话，透过淅淅沥沥的雨声后仍然十分响亮。

“这么滑的路，小心摔到沟里！”

杨真猛转头，王明杰站在十步开外，他的眼神已经表明了一切。自己怎么会暴露？这些天只是远远地观察，从未进入工厂附近一百米范围。

杨真打了个冷战，终于意识到她不是在书房里看案卷，不是在敲打电脑键盘，她在调查一件可能创纪录的连环杀人案！叶平和吴海清从前的学者身份麻痹了她的警惕。木头呆脑的学者，磕磕碰碰的博士，啰嗦透顶的专家，那些从后方发来的资料让她不由自主往这些方面去联想。

王明杰话音一落，看到她的表情，也知道自己猜对了。根本不用助跑，就在泥泞的路面上一跃而起，大鸟般张开身体，挡在她的前面，左手像只鹰爪，探向她的咽喉。

进入公安大学后，杨真接受过基本格斗训练。不过没有实践机会，早还给教练了。好在她心理素质过硬，又知道韩悦宾就在后面接应，当下稳定心神，向后闪避。王明杰飘到眼前，仿佛是一道没有重量的影子。公路湿滑泥泞，对他毫无影响。杨真可不行，一不小心便摔倒在地。

还没等她站起来，身后一声闷响，韩悦宾已经被摔在地上，口鼻流血，不省人事。叶平站在他身边，得意地拍拍手。

没等杨真再做反应，身体便被铁一样的胳膊箍住，一只毛巾从后面伸过来，捂住她的口鼻，散发着浓烈的乙醚气味。杨真奋力挣扎，脑海里闪过一个场景。当年那只实验用的兔子，一个女同学——好像就是林慧娟——帮她把兔子的四肢固定在实验台上。然后，杨真用沾着乙醚的纱布蒙在兔子脸上，一直到它不再动弹。

不，不，不，我不能张口，不能呼吸……兔子当时不懂得挣扎，她可是个活人。剥开的头皮，夹碎的头盖骨，裸露的脑子，一系列画面闪现在杨真脑海里。

不！我要清醒！

王明杰的胳膊死死卡着杨真的身体，挤着她肺里的空气。终于忍不住，杨真张开嘴，大口喘息起来，很快就什么也不知道了。

◆ ◆ ◆

“听说阿涛骨折过？”

“是的，半年前车祸进过医院，医生在他腿上钉过什么东西。”阿涛就是平哥失踪的部下。

“那我可能找到他了！”说完，刘楚强把那只纽扣大小的金属片放到平哥面前。上面隐约有“……H·T”的字样。“美国H·H·T医疗设备公司生产的医用钢针。在医学上叫‘髓内针’，要植在断骨的髓腔里。所以尸体被硝酸腐蚀后，它还能留下一点残片。平哥可以问问阿涛的医生，是不是用了这家公司的钢针？”

平哥不是法官，不需要证据确凿才能下结论。“这个……我服了，这才叫心狠手辣，他们这是为什么？我哪里得罪他们了？”

“平哥，”刘楚强马上打断他的话，“您刚才的话我都没听见，事情我也替您办完了。”

平哥知道他不会趟这种浑水，拿出准备好的银行卡递给他。“二十万！一半是报酬，一半是封口费。”

刘楚强马上消失得无影无踪。平哥没再管他，立刻召集手下。“我要搜那个厂子！”

“咱们不是警察啊。”大强犹豫着，“就是化装成警察，没搜查证怎么办？”

“我要是警察还用你们？给我想个不用搜查证的办法！”

“老大，您没明白我意思。”大强捏起那枚金属片，“要说打打杀杀，我没含糊过，可这些人……这些人……他们哪是人啊！”

大强说得不错，他平时敢打敢杀，平哥也是第一次从他的眼睛里看到了怯意。

“……这些人太邪门了，搞死这么多粉友，还用这种手段，图什么呢？总共三百人也好，二百人也好，都那么舒舒服服就被他们搞定？这些人会妖术啊！”

即使要做团伙老大，也得高瞻远瞩。平哥思考了几秒钟后就拒绝了大强的规劝。“咱们这里三拨人互相抢地盘，谁也不服谁。咱们怎么能压过别人？现在就是机会。粉友都怕这群人，咱们能够扫平他们，就等于告诉大家，只有我才能罩着你们发财。”

平哥站直身体，叉起腰，不像去冒险，倒像是去捡金子。“这次我亲自去，你们总有胆子了吧？”

# 第九章　爱入穹颅

墙一般高的浪头涌上沙滩，拍碎太阳伞，冲垮围堤，卷走汽车，扳倒大树。人们四散奔逃，杨真也想逃跑，可就是迈不动腿。两只脚像陷入柏油路面，怎么用力也拔不出来。她只能看着浪头向自己倾倒下来。

啊……

杨真喘着粗气苏醒过来，没有海浪，只有一张国字脸悬浮在面前。李文涛坐在床边，眼神中充满了关切。

我这是在哪里？天啊，不好！杨真尖叫起来。“你怎么也在？有凶手，你快跑……”

李文涛纹丝不动，还伸手抚摸了她的头发，拍拍她的脸颊。杨真提起来的心一下子悬在半空，没着没落，全身冰凉。

“你……你也是……怎么会这样？”

“其实你的侦查很成功，凑巧我今天回基地，隔着车窗把你认了出来。本来我不想这么早让你知道真相，只好当机立断了。”

李文涛又把手伸向杨真的额头。当年相处那么久，他也只是拉拉她的手。如果放在当初，杨真可能从心里期待这个动作，现在却像看到伸过来的蛇头，本能地往后缩去。

李文涛把手收回去。杨真用力翻身下床，脚刚沾地，两腿便是一软。“小心！”跌出的一瞬间，杨真听到李文涛的轻呼。人没落地，已经被他抢过来抱住，放回床上。“药效还没过去，你得休息一会。”

杨真紧张地抓着床单，发现手指头不听使唤。她用力转头，脖子上仿佛被铁箍卡住。全身散了架，每块肌肉都在罢工。

“……你真聪明，我从来都没看错你……”

李文涛还在床边，声音却飘得很远。杨真强迫自己集中精神，观察环境。她被关在一间十几平方米的小屋里，没有窗户，几盏LED灯分别安装在天花板和墙壁的不同位置上，光线交叉射出，让屋子里没有阴影。墙上涂着防水涂料，有几个黑点，可能是监控摄像头。周围很安静，隔音做得非常好，她都能听清李文涛的呼吸声。

我这是在哪里？杨真知道自己无力反抗，索性闭上眼睛，集中注意，让昏迷前的一切慢慢回到脑子里。好像有件很紧急的事，是什么？是什么呢？

“我同事在哪里？你把他怎么样了？”杨真终于想起来了。

“他还活着！”李文涛安慰着，“你肯定很关心他，所以我不会要他的命。”

“你想把我怎么样？你是主谋还是从犯？你们到底杀过多少人？”心情紧张，杨真说话的速度也比平时快了许多。这是她认识了十年的熟人，突然变得完全陌生。

“休息一会……”

“不不不，你要明白，我们是公安部外派执行任务的警官。如果在执行任务过程中失联，当地警察很快会来查你的厂子！”

李文涛低头注视着杨真，像是哥哥关心妹妹，老师爱惜学生。“杨真，你们只是个调研室，不能搞刑侦。你也没找到什么过硬证据，最多是对工厂有怀疑。你们的手机我已经送到一百公里外销毁，警方如果查看跟踪记录，会认为雨天路滑，你们最后在那里掉进山沟。”

刚打起来的精神泄掉了一半。认识李文涛已经有十年，她都在扮演学生、妹妹和崇拜者，从没在气场上压倒过对方，甚至没有想过要这样。更何况虽然名义上是警官，这却是第一次在侦查过程中面对犯罪嫌疑人，对方手里可能还有几十条人命。

尸检台、打开的颅腔、微型生物胶囊，一系列记忆不分先后钻进脑海。杨真的心脏狂跳起来，额头渗出冷汗。还没到三十岁，这间小屋便可能是她最后看到的世界。她还有好多事没做完，好多人没报答。妈妈知道了会有多伤心？不，杨真克制不了自己，她在发抖。

小屋里弥漫着淡淡的酒精味，闻起来更像病房，李文涛也像个温和体贴的男护士。“主犯？从犯？那都是法律术语，我们志同道合，都是主犯。干脆我给你介绍介绍吧。”

李文涛站起来，打开门，进来的人不出杨真所料，是王明杰、吴海清和叶平。他们没有李文涛那么客气，冷眼盯着杨真。李文涛逐一介绍道：“这是我第一个合作者，叶平，专长是研究神经递质成分。这是吴海清，脑外科专家。还有小杰，本来是开颅手术牺牲品，现在也和我们在一起。全世界最伟大的心理科学小组，就站在你面前。”

李文涛闪电般回过头，和几个同伙交谈起来。听到他们的谈话，杨真的脸色变得惨白，她预料的事情真发生了！自从再次见面，杨真和李文涛讲过许多次话，刚才在外面也听过王明杰说话。然而当这几个人彼此之间交谈时，她根本听不清，因为他们语速奇快，仿佛录音机启动了快放键。

“那个实验……你真做了？”

四个人听到杨真插话，转过来望着她，都笑了起来，叶平还挑起大拇指。因为动作频率快，他们的举止非常滑稽。李文涛努力放慢声音说道：“我以为世上没人能猜出真相，没想到你竟然能办到。哦……不……当然是你。只有你听过我的研究设想，一个人把行为速度提高百分之几十，不就等于延长了几十年寿命？”

杨真只猜到一部分真相，怎么也想不到李文涛会是主谋。对，看他们交谈时的姿势、表情，看他们的年纪，李文涛肯定是这群人的头。不过，看样子他们并不怕她这个警察。

夸完杨真，李文涛又转头和三个同伙交谈。乙醚的效果逐步减退，杨真努力召唤身上的一块块肌肉，胳膊、腿、腰、腹……杨真一跃而起，从背后扑向李文涛。她只有这个方法，先擒主犯再做打算。当年第一次见面，李文涛就像个大男生。尽管现在虎背熊腰，但那个文弱的形象在杨真的脑子里扎了根。

立刻，杨真被李文涛扭住胳膊，高举起来，她甚至没搞清自己是如何就缚的。李文涛双臂顿了一下，把她轻轻放到床上。“安静……我的神经反应速度比你快32%。这个数字看着不多，但就算世界拳王在这里，现在也打不中我一拳。”

杨真长吐了一口气，她被自己的刻板印象骗了，索性不再做无用功。她明白，这几个人和普通人打交道时，他们压制着自己的神经反应速度，努力慢下来。但对于他们来说会十分吃力，所以重新见面以后，她才总是看着李文涛坐卧不定，手舞足蹈。叶平和吴海清甚至不能离开伪装的工厂，在大庭广众之下待久了就会暴露。

而当四周无人，只有他们自己时，言谈举止完全按照提升后的速度进行！在七十亿人类之外，这四个人构成了特殊的小部落。当然，还有乔帅、王文龙，以及她可能还不知道的什么人。他们被改造成了超人。随便就能突破警察合围？当然可以，兔子怎么会被一群乌龟围住。

“为了实验，你绑架了多少人？他们都在哪？”杨真预感到李文涛还不会伤害自己。反正跑不了，不如先把脑子里的疑问都解开。

“你先告诉我，你都猜到了什么？如果不对，我给你补充，这样教学的效果最好。”

当年的李文涛，还有他们当年的关系都回到了杨真面前。是的，他根本没有变，只是在原来的道路上走向更远。杨真把自己的推测讲了一遍。李文涛时而点头，时而摇头，听到最后拍了拍巴掌：“如果这是考试，你能得九十五分！我能补充的还真不多，只有一些细节。”

李文涛按了一下墙壁，从墙里滑出一只抽屉，再伸手取出一只头罩，它由某种透明材料制造，杨真猜不出是玻璃还是塑料。

“你瞧，人造头骨，吴海清的杰作。我们可以锯掉人的半个头盖骨，再镶上它，就可以随时观察活人脑部的运作。你瞧，这里还设计有活门，随时可以打开，便于我们伸入探头。注意，是观察活人的脑。世界上谁能做到这一点？只有我们。”

旁边，吴海清得意地望着杨真。

“有了它，我们就可以随时毁损人脑的不同部位，再观察被试行为有什么变化。PET？核磁共振？呵呵，那就像石器时代的工具。那些只能用PET研究人脑的专家，如果知道我们这里的研究条件，估计会嫉妒到死。所谓法律和道德界限，只要一跨过……”

“频繁打开活门……那不是很容易感染？”杨真想象着盖在这种罩子下面的人脑，头皮一阵发麻。

“当然容易感染，而且我们的无菌条件也不是太好。”吴海清像是在讨论实验动物，“所以才要经常补充新被试，这都是他的功劳。”吴海清指指王明杰。

李文涛又给杨真讲了一些她不知道的细节。最关键的不是实验设计，而是要有钱搞这么一个秘密实验室。李文涛离开学校，漂泊江湖，换了几个工作，最后应聘到一家投资公司。干了一段时间，发现老板不是什么投资商，只是在替人管理黑钱。

“我去报案？警察就是查到这笔钱，无非上交国库，还不知道被谁贪掉。为什么不用它做点对人类有益的事？所以我就让他说出了账号和密码。”

一个专门洗钱的老手，哪有那么容易被套出账号密码。“你……你用了酷刑吗？”

“酷刑？我可是心理学家！”在这个小天地里，李文涛完全不需要掩饰自己，“酷刑哪符合我的专业身份。你还记得痛觉阀门吗？”

杨真回忆了半天，“好像是在……脊髓……”

“给你打80分！毕业这么久，能记得它在脊髓也算可以了。痛觉阀门是脊髓里面的胶质细胞，可以抑制痛觉。如果它被麻痹，人会变得一点点痛苦都受不了。随便在哪里掐一下，刺一下，都会感觉像是剥皮抽筋，外表又没有伤痕。关闭人体痛觉阀门，世界上有谁能做到这一点？只有我们！”

李文涛讲解着，比画着。那既是残酷的折磨，也是精细的心理实验。在他眼里，两者根本不分家。“什么样的痛苦都比不了最纯粹的痛苦本身。我自己尝试过，只能忍一秒钟。那不是一般的痛，五马分尸莫过于此，那家伙居然忍了七秒钟才吐口。”

杨真感觉后背一阵发凉，好像那里已经被手术刀剖开。其他三个人看李文涛和杨真越说越近乎，已经沉醉在对往事的回忆中，便知趣地离开了。

“那家伙把钱存入六个账号！可惜他只讲出一个就把牙关闭紧，我们不得不再施加刺激。最后我们只找到六千万，他就彻底撑不住了。不过作为项目启动资金，这六千万已经足够。”

杨真闭上眼睛，回想起大学时的生理学实验室，回想起闹场的动物保护主义者。一时间感同身受，这让她的信念再一次动摇。

“从那以后，只要我们想得到什么线索，就用这种简单的办法让人开口。我们抓到第一个毒贩，就从他那里找到第二个、第三个。我们还收缴过几百万毒资，把它们用在科学正道上。”

杨真知道，只要第一步迈过去，人就对法律失去了敬畏。何况李文涛掌握的犯罪手段，任何团伙都没有。那些团伙吃了亏也不会报案，公安系统里可能都没有案底。

“有了这些钱，我们就建起石材厂做掩护。钱我们用得很省，全部都用在购买尖端设备上。为了不引起海关注意，有些国外设备我们要请走私犯偷偷弄进来。有些只能买零件，我们自己动手组装。”

李文涛心里憋了太多的话，特别是专业话题。他们确实得到很多成果，却不能公之于世。除了这间杀人馆，不会有任何心理实验室敢于使用这些资料。“天啊，他们毕竟是人啊，你怎么能忍心把他们当白鼠？”

“要我同情这些所谓的人？你只是在公安局里看他们的档案吧？你要知道他们干过的事，要是看到过他们的样子，你不吐出来就算好的。”

说着，李文涛打开墙壁上的标本柜，里面放着十几只大脑标本，有的只剩一半，切口很整齐，另一半显然被制成了切片。李文涛指着半只漂在福尔马林中的大脑说：“瞧这个人，能猜出它是谁的大脑吗？陈雪峰，二十年前的著名电影明星。吸毒十年后，整个人像只癞皮狗，头发胡子盖住半张脸。在大街上流浪时，没有任何人把他认出来过。”

“这是他的脑？”杨真小时候看过陈雪峰主演的电影。

“还有这个，‘太行山五英雄’之一高老先生的孙子。为筹集毒资，想转卖他父亲的勋章。一级独立自由勋章啊，抗日英雄才能得到的奖励！这种人如果不做我的白鼠，还能给社会贡献什么价值？”

渐渐地，杨真冷静下来，李文涛还在那里炫耀，杨真却在猜测这是什么地方。仍然在石材厂，还是被转移了？他们在地下还是地面？

“别把我们想象得太冷血，我们是科学家，不是杀人狂。”李文涛不在乎杨真的态度，继续讲解他那伟大的实验过程，“我们总共抓来12个老毒鬼做被试，每个人事先我们都严格调查过。他们吸食多年，离死亡只差一步，社会关系早就瓦解，没人在意他们的死活。为什么我们采集这么多标本都很顺利？因为亲属早就不管他们了，失踪多久也不会有人报案。我们采用投票制，大家讨论每个对象，看看他还有没有免死的理由。哪怕找到一条，我们都会放过他。只有全票同意，我们才决定对谁下手。”

杨真想到专案资料中“32名”这个数字，心里多少有些宽慰。看来相当一部分失踪者和本案无关，坊间中“几百人失踪”的传说更是离谱。

“难道你没觉得自己像日本731部队的医生？”杨真反问道。

“那你说，‘二战’后，731的成果难道被销毁了？美国人口口声声讲人权，不是照样和苏联人瓜分掉了731的研究成果？也许我们今天某些战场救伤技术，或者人体生命保障系统的原始数据，就来自他们。”咽了下口水，李文涛接着说，“我这些被试比当年‘原木’的待遇好得多，他们死前一点都不痛苦。你应该知道毒品的作用机理。毒品本身不产生快感，它们刺激人体大量分泌脑腓肽，才能形成快感。这些瘾君子不能控制用量，不知道哪天就把自己玩死。但我可以直接刺激他们的酬赏中心，他们死前都享受了很长时间的快乐。纯粹的快乐，这样，我们才得到干净的样本。”

杨真记起王文龙和乔帅的尸检报告。这两人都吸毒，但是死前，他们的体内已经没有任何毒品残留，原来是用这种方式间接戒了毒。

“那他们的尸体呢？”杨真还没发现刘楚强掌握的线索。她猜测李文涛是把死者埋了，或者抛在某条河沟里。

“这你不必问，反正不可能找到。”李文涛下决心说服杨真，所以不想让自己显得太血腥。“你现在八成像警察，只有两成还是学者。你要看到一个简单事实……”李文涛用右臂大大地画了一个圈，“我们所得到的成果，全世界心理学家捆在一起，再努力二十年也得不到！”

“你这话我相信。所以，你也要给我换这么个东西？”杨真拿过透明头骨，观察着。她在想象那些被抓来的实验品，后枕部的头骨被锯掉，换上这种透明替代品。旁人可以清楚地看到他们的脑，而他们还要吃饭、喝水、站起、坐下、走过来、走过去。随着他们的动作，脑子在里面一颤一颤地抖动。

“那怎么可能？”李文涛的语气充满柔情蜜意，发自内心，毫无虚假，“我相信你仍然有对真理的追求。加入小组吧，我们一起站在人类生命科学塔尖上。我要让你体验一下，看到周围的人都像乌龟在爬会是什么感觉。不要怕，已经有八次手术经验，给你做的手术最成熟”。

“我可是在出外勤时失踪的，你要怎么样？一直把我囚在这里？”

“术后一周你就可以回到外面。”看来，李文涛对如何处理杨真有着成熟的想法，“到时候，我希望你以身体不适为理由辞职，然后再回来和我们一起开始真正的‘赛伯格元年’。那个展览的名字真好，将来人类肯定会记住这一年。从现在起，技术会突破上帝给我们身体制造的枷锁。”

“你是他们的成员吗？世界超人协会？”

“不，那次我只是去补充一下灵感，他们？呵呵，一群光说不敢练的书呆子……”

杨真抡起透明头骨，迎面向李文涛狠狠砸下去……她再一次被扔回床上，根本记不清中间发生过什么变化。然后，李文涛给她戴上腿箍、腕箍、腰箍，动作快得像一只八爪鱼。

一只注射器刺入杨真前臂的动脉。

在李文涛向杨真和盘托出时，三个合作者也在旁边的手术室里商量着。“你们觉得这个女人可靠吗？”王明杰直来直去，“她可是警察啊，会不会像大哥说得那么乖？”

“我不清楚，李老师似乎很了解她。”吴海清说道，“要不他怎么放心让咱们都出去亮相？他认识她的时间比认识咱们都久，我相信他。”

“其实我也担心。”叶平表达了自己的顾虑，“她不大可能和咱们一条心。李总看人是有眼光，但他喜欢这个女警察。人在热恋中，智商总要打折扣。”

“是啊。当年他们相识，杨真还是学生，懂什么啊。老大讲什么她当然都会听。”王明杰自认现在的智商绝对比单相思中的李文涛来得高，“现在她是警官，人都奔三十了，什么社会经验没有？我担心老大还拿当年的印象做根据。”

三个人对李文涛的称呼各不相同。吴海清和他认识最早，当面背后都叫“李老师”。叶平更敬一分，干脆叫“李总”。王明杰则直呼“大哥”，或者“老大”。

“你们别瞎猜，我们要相信李老师的直觉。”吴海清还在维护着老伙伴。

“这可不是瞎猜。这项事业确实是由大哥开创的，不过现在也是咱们大家的，我不想它被谁破坏。”王明杰不是知识分子出身，思路干脆利落，“我反对现在就改造她。大哥如果舍不得，可以把她永远养在这里，但不能把她搞得和我们一样厉害。”

经历过功能相反的两次脑部手术，王明杰动起手来比以前更加凶狠，自控能力也强上许多。当他偶遇以前为自己施术的医生时，自作主张就把那人干掉了。只是怕大哥怪罪，王明杰一直没向李文涛坦白此事。现在，他已经对杨真动了杀机。

“可是，李老师的计划也没错。改造手术现在还不成形。她被改造后相当一段时间里，生理上必须依赖我们提供中和剂，要不只能等死！这样一来，咱们可能会更安全。”

吴海清跟随李文涛最久，也最有发言权。“这样吧。刚才这些话别和大哥讲，先看看再说。如果杨真成了大嫂，将来知道咱们这样怀疑她，多尴尬啊。以后对她多留心就是了。”

不知过了多久，杨真再次苏醒，发现自己躺在另一间屋子里。室内有一张可以调节的软沙发，墙壁都贴着衬垫。一团烈火在杨真的胸中升腾。她想喊、想跳、想挥拳，想用手抓什么东西再把它撕毁。她欣快无比，身上涌出无穷的力量。

“天啊，这是怎么回事？难道我被注射了毒品？”

杨真翻身下床，抑制不住地满屋子走着，发泄那团火焰。十几秒钟后，昏迷前的记忆又恢复了。杨真感觉头皮上发热发痒，突然意识到什么，便去摸了一下，天啊，原来头上戴着一个束紧的软盔。凭感觉，她知道自己的一头秀发已经被剔光。头部左侧很痒，是的，那一定是刀口，和王文龙、乔帅头上的伤痕位置一样！

只是，那个透明罩在不在？如果已经镶了上去，她早晚会被折腾死。

人脑没有感受器，感觉不到自己的创伤，但是脑的周围有血管、肌肉和皮肤，那里面仍然有神经元感受着创伤后的疼痛。自己的头骨被打开，李文涛给她塞了什么东西，可能还取出了什么！天啊，她见过那些微型胶囊。杨真天旋地转，双腿发软。

冷静，冷静……脆弱的感觉转瞬即逝，杨真觉得自己像个巨人，可以撕钢断铁，能撞破这道门。这种自信她从未有过。不不不，这不正常，杨真知道这很古怪，但她无法摆脱。是的，乔帅死前处于轻躁狂状态，他不是要自杀，他是根本不把三层高的楼当回事！

杨真抓起那个沙发，把它举起……它有多重？反正平时举不起来。杨真把它举起来又放下，反复十几次，终于控制住捶墙撞门的冲动。那个小毒贩叫什么？对，王文龙，他生生把自己累死。我的心血管系统能承受这么强的神经冲动吗？我该怎么办？坐下来，坐下来？可我坐不住！

杨真用力拽了几下门把手，钢门纹丝不动。理智告诉她，李文涛既然在手术后把她关在这里，就有十足把握能困住她。

“你在哪？滚出来！你敢面对我吗？”

话一出口，杨真才发现用了近三十年的舌头不听使唤了。因为语速飞快，声音变成含糊的一团，她还不习惯用这个速度来说话。

没想到钢门自动打开，李文涛和三个助手全都走了进来。

“欢迎你加入超人社会。”李文涛拍着巴掌，上上下下看着她，“慢慢适应吧。你的语速一下子提高了百分之三十二，刚开始我们也不适应，以后你还要练着用过去的语速讲话。”

“伤口没愈合，先别用力，”主刀医生吴海清提醒道，“把神经反应速度克制在以前的水平上，这会很累，但没办法，谁叫我们周围都是凡人呢。不能让他们听出我们有了变化。”

“少废话，你往我脑子里装了什么？”杨真逐渐适应了说话的新速度，“缩微胶囊里面有什么？乙酰胆碱酯酶？”

“胶囊里是我的爱！”

魂灵正在身体里飞驰，它想撕开肉身，冲天而去。杨真只有拼命克制才能把它留在体内。“别废话，你都在我脑子里添了什么？”

“十几种递质。乙酰胆碱、多巴胺……”

“多巴胺？医学家怀疑它分泌过量会导致精神病，你却往我大脑里添这个？”

“不必怀疑，我有确切的实验数据可以证明多巴胺分泌异常会导致精神分裂症。他们只是围着活人头盖骨去推测，我能把剂量精确到千分之一毫克！”李文涛充满优越感，谈及同行时，仿佛大学教授评论小学生作业，“放心吧，我知道在哪个部位增加什么，在哪个部位减少什么，误差不超过50微米！我们几个人都做过这种手术。你以为我只是把你当成大白鼠？不，杨真，这是我送给你最好的礼物。一千年后，人类历史将由超人的后代来书写，那部书会记载着历史上第一对超人夫妻！没错，就是你我！”

杨真急促地呼吸着：不行，不能这样，我要冷静，要思考。

李文涛并未期待杨真马上回答，但她却给出了答案。“混蛋，事已至此，我只能答应你，但有三个条件，第一，不许对我谈情说爱，你不配讲这个词。”杨真指指自己的头，“哪个女人会接受这种爱？”

“没什么，你一辈子不接受都无所谓。”李文涛似乎很看得开，“不是第一对超人夫妻，至少你是第一个女超人，咱们的关系比凡间情爱更神圣。你本来就是科学天才，高科技犯罪研究室？那是什么鬼，你在那里能搞出什么名堂？用法律来限制科技的无限可能性？来吧，这才是你的位置，咱们一起引领人类进步……”

杨真劈头打断他的教导：“第二，除了志愿者，以后不能再绑架活人做实验！”

“可以，我们通过活体实验获得的数据已经足够了。”

在他背后，三个助手面面相觑，他们显然不满意李文涛的让步，后面的研究计划还很多，不过谁也没开口。

“第三，那些吸毒者我不认识，他们死活和我无关。大韩是我同事，你得保证他活着！”

“你是说那个警察？这个比较难办。如果要保证他活着，就得在这里关他一辈子。”

“你既然对脑部定位这么熟悉，应该有办法制造出顺行性遗忘。”

李文涛猛地一拍巴掌。“我怎么没想到这个法子。”他搓着手，好像又要开始一项有趣的游戏，“顺行性遗忘……顺行性遗忘……对它的位置我没做过实验，但我知道大体应该从哪里下手。”

人的头部受到重创时，个别情况下会导致遗忘。如果忘记了创伤时刻以前的一切，就叫作顺行性遗忘。至于要损伤哪个部位才会导致这种遗忘，脑科学专家到今天为止还不清楚。以前李文涛从不关注这个课题，但是从接近二十人那里得到的实验材料，他只要稍加分析，就可以找到相应位置。

“太好了。这样我可以在手术后放他回去，也可以帮助你更顺利地回到外部世界。对对对，我可以伪装你们遇到车祸。警察调查时，他无法记起以前的事，医生会以为那是撞车的结果，而你只是皮外伤。这样你会更安全，如果他失踪了而你却回去，你反而解释不清。太好了，真是一举两得。就这么办，我马上研究手术方案！”

实验区就在厂房下面，厚厚的材料隔绝了声音和震动，石材加工的声音完全传不到这里。当然，如果这里有人惨叫、哀告，也不会被外人听到。秘密实验室有一千平方米的使用面积，分成几个功能区。有手术室，有观察室，有材料间，有资料间。

每次他们都只绑架一个被试进行研究，这样减少了囚禁的难度。王明杰和李文涛可以在外面忙，剩下两个人足够控制住受害者。

杨真被放出单间，李文涛带她在实验区里上上下下参观着，一路指点介绍，展示着自己的规划。仿佛这里不是恐怖的杀人场所，而是当年那间破旧而温馨的实验室，两人还能继续在瓶瓶罐罐之间谈论着生命科学的未来。

杨真的脸上挂着霜，听着李文涛的介绍，最多只是点点头，心里默记周围的环境。李文涛拒绝告诉她这里的位置，杨真推测八成还是在工厂下面，他们再找到一个地方开辟实验室的可能性不大。那么，只要想办法逃到地面……

李文涛对杨真的冷漠不以为然，谁遇到这么大的人生变故，脑子都不会一下子转弯。“你知道罗斯的义务伦理学吗？他说过，人类有义务提升自己的能力，所以我这么做符合人类最高的道德。”李文涛邀请古圣先贤一起出马，帮自己洗掉杨真头脑中的陈腐观念。

整个实验区构成密闭空间，杨真不能上到地面。空气中弥漫着药品的气味，大功率空调拼命运转，才让这里可以待住人。“好好闻吧，这是真理的气味。”李文涛陶醉在这种空气中。

最后，李文涛带着杨真来到资料室，打开电脑，给杨真介绍着一个个实验对象。在资料中，他把他们叫作“白鼠”，排序为“白鼠一号”“白鼠二号”“白鼠三号”……每只两腿“白鼠”死前都接受过十几种不同的刺激实验。

“难度在于要让他们讲出心理体验，同时在他们的活脑上记录电位变化，世上会有多少心理学家期待这种幸福啊。”

接下来的时间里，杨真专注地阅读着李文涛的实验记录。她不光是警察，对于人脑的奥秘也确实有浓厚的专业兴趣。她认真地向几个人询问各种实验细节。这些人虽然保持着戒备，但涉及专业知识，他们又兴致勃勃，无话不谈。反正他们相信杨真不会逃出自己的掌心。

从一开始李文涛就定下方向，研究人脑的目标就是改造人脑。神经细胞向周围释放递质，同时自己还要吸收一部分递质作为反馈。如果得知释放量的多与少，便可以随时调节。通过前后12个活脑的观察实验，他们搞清了用量。叶平又发明出微型缓释装置，里面装配不同递质，安放在脑中不同位置。神经递质会在十到二十天时间里慢慢释放出来，引导周围的脑细胞过量释放相关递质。

等这些装置失效后，胶囊周围的脑细胞已经习惯于超量释放递质。于是，人为造成的变化就能持续下去。

扔掉第12名被试的尸体后，他们觉得改造脑部功能已经有足够的把握，便开始拿自己做实验。真正的科学家要敢用自己的身体冒风险！李文涛在报告里把这句话用红颜色标出来。看到这里，杨真想起在李文涛办公桌后面挂的照片——海德！一位拿自己身体做实验的神经学家。李文涛崇拜这个人，当然要向他学习。你敢用前臂神经，我敢直接用大脑，青出于蓝而胜于蓝。

李文涛想拿自己做第一被试，其他人怕他受到不可逆转的伤害，导致整个实验无人领导，不能进行下去。叶平挺身而出，做了第一被试，然后是吴海清。但那两次实验的水平还很差，结果直到现在，他们都必须每天中和体内过剩的钾，才能维持正常代谢。

“他们也许终生都离不开这里，这是他们为全人类做出的牺牲。”李文涛盛赞自己的同伴。

第三个接受手术的是王明杰。他接受扣带回切除术后变得高度抑郁，多次想自杀。李文涛把他接到这里，扣带回已经无法修补，李文涛用刺激隔区的方式让他恢复活力。这个区域如果单独去刺激，会让实验动物变得很暴躁。李文涛以毒攻毒，用破坏隔区的方式让王明杰的攻击性恢复到正常水平。

这一次，王明杰完全能控制暴力倾向，于是李文涛也给他做了提速手术。有前两个手术失败的教训，王明杰的手术很成功，他只要每周回这里一次，用药剂中和过剩的钾就行。王明杰以前混过黑道，吴海清和叶平又不能离开石材厂。从那以后，他就专门负责处理外面的事情。

再后来就是李文涛，这次手术水平提高得很快，他完全可以混在普通人中间生活，而不被他们察觉。接下来，他们决定选一个公众人物进行实验，看看手术到底能把人的行动潜能激发到什么程度。于是乔帅中选，当时他还是替补守门员，职业前途渺茫，而且赌球时输了一大笔钱，被黑道追债。李文涛付了钱把事情摆平，条件是他必须做神经提速手术。

乔帅走投无路，立刻答应。不过他们忽视了他的性格问题，以为他也能克制表现欲，有节制地利用技术造就的超常能力。但他不是这种人，和俱乐部闹得不可开交，最后还在大庭广众下自杀，差点暴露了他们的实验。

“你们哪里是忽视他的性格，你们是根本不在乎人的性格，只当他们是手术台上的标本！”杨真看到这里，强咽下冲到喉咙的话。现在讨论任何学术话题都不再有意义。这些人身背十几条性命！他们已经没有回头路。

现在，神经提速已经十分熟练，但是人体其他系统却难以适应，这成了他们下一步的课题。于是，他们计划继续改造内分泌，再改造心血管，接下来是运动系统、消化系统，最终，他们想制造出一代超人！

每次手术后，几个人都会总结经验教训，然后在下一次手术中改进。后面又有几个牺牲品，他们不会把秘密带到外面，只剩脑或者腺体泡在标本柜里，其余部分只记录为“安全处理”。

不过，第五个实验品趁其不备，居然逃出密穴。反过来也可以说他是最成功的实验品，竟然可以逃过几个人的监视。记录上根本没有他的名字，通过对他身体外形的描述，杨真辨认出这就是王文龙。

这个人逃走后下落如何，李文涛他们不可能知道。几个人担心了很久，差点想把这个厂子封掉，转移实验室。不过警察一直没找上门，他们估计实验品搞不清楚自己遭遇了什么，也不敢回这里，已经远远地躲起来了。或者因为离开他们的保护，他那超常的食量和强大的运动能力，不论哪样都能把自己杀死。

记录中的信息量太大，看得杨真都有点晕了。这些屋子里的成果一旦公布，全球心理学家都会惊掉下巴。杨真又看看针对自己的实验记录。前后那么多次脑部改造手术，这已经是最安全的一次了。她的神经递质分泌量将发生重大变化，需要不停补充中和剂。她的神经会从中枢到外周，逐渐提高反应速度。

不一会儿，杨真就感觉到火烧火燎的饥饿，她知道这是怎么回事，想起王文龙被高速运转所摧残的身体，她为自己担心起来。我的心脏行不行？我的肺撑得住吗？会不会变成大胃王？李文涛远没有全面解决这些问题，他也只是走一步试一步。

听到杨真喊饿，李文涛马上送来食品。它们很像压缩饼干，看不出是什么成分。“我们开始遇到这个问题时没经验，不由自主地吃了许多东西，但是普通食物营养不够，还伤了胃口，现在我们已经知道怎么配餐了。那个从我们这里逃走的白鼠……”他到现在都叫不出王文龙的名字，“他即使不被警察抓住，很快也会死于胃扩张。别怕这些高热量食品，以后你会消耗很多热量，别让蔬菜水果占你的胃口，配餐中有足够纤维素可以替代它们。”

食物的原料都已被磨碎，方便吞咽，看不出是什么。除了咸，杨真尝不出其他味道。如果在平时吃了这么咸的东西，杨真会忍不住吐掉它，可是现在却甘之如饴。她的身体需要盐，需要很多很多的盐！

吃完饭，他们又来到囚禁韩悦宾的房间。年轻同事被绑在床上，因为被注射了大量麦角酸，此刻神智昏迷，半睡半醒。“瞧，他的健康不会有问题。我们这就制定手术方案，你也可以随时来看他。”

在秘密实验室里，杨真不时闻到恶臭、霉味、酸味。开始她总会不自觉地寻找气味来源。李文涛发现后告诉她，这只是手术后的反应。提速手术触及脑中最原始的部分——嗅脑。高等生物的祖先在还没有发展出视、听、味、触等感觉时，嗅觉是了解外部世界的唯一渠道。李文涛的手术要刺激嗅脑，结果每个受术者都经常处在突发的幻嗅中。

杨真回想起他们重逢后的第一天，李文涛以为咖啡里有氨水味，看来就是这种手术的后遗症。

“给这个男警察做手术时，我会强迫她一起动手。”私底下，李文涛得知同伙的担心后，讲出了自己的计划。“在手术中，我要装作失误，把这个警察弄死。这样她就永远摆脱不了法律责任，我得让她背个‘投名状’。”

三个战友一致叫好，他们终于明白，大哥虽然迷恋这个女人，却没被爱情冲昏头脑。

# 第十章　烈焰！

如饥似渴地学习这些黑科技，令杨真的恐惧减少了几分。同时，她也尝试着接触其他三个人。李文涛不在时，她找到王明杰问东问西。后者动手绑架实验品，又专门负责毁尸灭迹，知道自己犯了什么样的罪。

于是，王明杰主动给杨真讲自己的经历。从小父亲就跑得无影无踪，母亲为了生存，带着他嫁了三次。后父一个比一个差劲，不是酗酒便是赌鬼。最后一个还把他带入邪路，发挥了他的暴力特长。

“只有李大哥挽救了我。什么样的人能交心，什么样的人只配做实验品，他心里有分寸。告诉你，能参加他的研究，我很自豪。”

王明杰杀人无数，从法律角度讲都罪无可恕。叶平自从参加这个团队，只是闷在这里做实验。如果他能向警方坦白交代，至少可以免于死刑。杨真思考成熟后，又去动员他。

“请教个问题，不知是否方便回答？”

“说吧。”

“你是什么时候认识李文涛的？”

“六年前！”叶平爽快地回答道，“当时我读大二，家里穷，一直患贫血症。我从学校附近的小饭店订剩饭剩菜，一块钱几斤。取回来后用开水煮过，就靠吃那个东西过了两年。李总看中我的刻苦，出钱支持我学习，一直到送我进神经生理学研究所。”

说着，叶平有意无意瞄了杨真一眼：“我不在乎什么法律，条条框框只能约束庸人。李总是伟人，跟着他，我的人生才有意义。希望你也会有同感！别把法律当回事，四百年前，法律还用来审判伽利略呢。”

杨真暗叹一声，她知道这个人也无法争取了。

很快，李文涛确定出手术方案。吴海清已经准备去给韩悦宾实施全身麻醉。对于李文涛的栽赃计划，杨真虽然不知道，但也有所警觉，预感到李文涛不会轻易留韩悦宾活在世上！她必须马上行动。

这时，李文涛和吴海清都不在身边。只有叶平带着杨真走向贮备室。瞧准机会，杨真从身边抓起一只粗大的扳手，朝着他头上猛砸！叶平稍稍偏过头，躲开这一击，杨真已经抓住他的手腕，用反关节技术将他扭向一侧。

神经早就提过速的叶平，已经习惯于不把杨真当回事。然而在反应速度上，现在的杨真并不亚于他，又受过基础的格斗训练。叶平发现自己大意，刚一被擒，便猛地向后使劲，想抽回自己的手。杨真顺势一推，叶平立刻从高处翻倒下去，摔在一堆瓶子里。

“啊——”，叶平狂怒地挣扎着，不知道什么液体灼伤了他的眼睛。

正在这时，一侧的门打开，王明杰冲了进来！“我就知道你一直在装！”

杨真知道他的厉害，不敢恋战，马上跑进贮备室，将门死死地反锁上。她在动手前就已经计划好退路。这里有活体样本，李文涛安装了厚厚的玻璃门来防止污染。现在，她自己从里面冲出不去，他们也进不来。

王明杰发现叶平身负重伤，先跳下去抢救他。不一会，李文涛等四个人都站到了门外。“把门打开！你撑不了多久，关在里面会饿死的。”李文涛拍着门，怒吼道。

“你们也一样。这里有贮备的中和剂，没有它，你和王明杰可以撑一段时间，叶平和吴海清三天内就会精神错乱！”

外面好一阵没有声音。杨真知道，自己掐中了对方的三寸！

“你想怎么办！”听得出，李文涛已经压制住了怒气。这几天，他隐约间还把杨真当成当初崇拜自己的女生，虽然有所防范，但还是大意了。

“所有中和剂都在我手里。你们要闯进来，我就把它们都摔碎。现在你放了韩悦宾，给我一辆车，我们两个人离开这里。我答应到县城后再报警，不是神经提过速吗？这段时间里，你们愿意逃多远都行。”

“不行！这是咱们多少年的心血啊！”叶平指着周围的研究成果，哭喊着，“李总，不能让她给毁了！大不了我跟海清牺牲掉自己，也得把她堵在这儿。”

“我也同意！”吴海清慨然说道，“放她现在出去，就是她按照承诺推迟报警，咱们又能逃得了多久？以后一生都要东躲西藏，又有什么意义？为科学事业献身，我们并不在乎自己的性命。李老师，你以后记得我们就行了！”

听到这话，杨真心里发了毛。是啊，这几个人都自认殉道士，或许真不把性命当回事，那她还能用什么来威胁对手？

李文涛看看杨真，看看地面，许久没有说话。对于提过速的神经来说，这段时间已经过了太久。正在进退维谷之际，李文涛身后爆起一声巨响。接着，强大的冲击波和高温就将他们包围起来。

攻破李文涛的秘密实验室，平哥用了个简单而又合法的策略。他找到一辆运送液化天然气的罐车，让一个打手远远地开到工厂门口的山路，再朝着工厂大门向下滑行，搞成刹车失灵的样子。打手在半路上跳车，车子冲进厂门，直撞到小楼墙上，满满一罐天然气就成了炸弹。

等到浓眼烈火翻滚起来，平哥带着埋伏在四周的十几个打手闯进厂区，如果警方事后问起，他们可以谎称是发现出了事故，自己过来救人。厂里的民工看到罐车从山坡上冲下来，早就吓得一哄而散。平哥等人冲进塌掉一半的厂房，地下室已经暴露出来。一群人冲进瓦砾堆，到处翻找。他们看到一把奇怪的金属椅，半埋在水泥块下。它像是一台牙科椅，只是在头部有几个金属圈套在一起，金属圈上伸出许多刺针。

平哥盯着它，不寒而栗。“这是什么鬼东西？”

“我见过这东西，戒毒手术室里有，开颅用的！”大强说道：“阿涛一定是被他们绑在这上面害死了。”

正在这时，一块水泥板从下面推开，李文涛和王明杰灰头土脸地跳了出来。看到外面的景象，李文涛就是神经反应速度再快，也呆立了好长时间。多年的心血，无数的冒险，转瞬间就烟消云散了。

一个打手看到王明杰，大喊：“是他，就是他！”声音一落，四五把匕首同时飞了过来。但对于两个神经系统提过速的人来说，躲过这些飞刀根本不是问题。不过他们也没有硬闯合围，闪开后便从废墟另外一处破口钻了出来。

迎面，三个悍将闯上来，借着通道狭窄的便利死死抱着王明杰。四个人在地上滚成一团，王明杰拼命站了起来，情绪狂暴到极点。他吼叫着，像一只受伤的狮子，扯着他们就往烈焰里面冲，其中一个吓得松开手，逃了回来，另外两个人则被王明杰死死抓住，消失在天然气的烈焰中。

平哥经过许多大场面，这种惨烈的战场仍然让他心惊胆战。正在这时，万念俱灰的李文涛闪电般飞过来，怒吼声已经不像是出自人类的喉咙。平哥拔出手枪连连射击，这么近的距离，枪枪命中，李文涛却全无知觉。

多年心血毁于一旦，他那压抑很久的情绪阀门被揭开，整个人彻底失去控制。李文涛抄起一只燃烧的木棍，狠狠刺入平哥的胸口。吼叫着，推着对手走向坍塌的后墙。那后面就是几十米高的山坡。几个打手立刻冲上来，想把平哥从李文涛手上抢下来。有的人用匕首猛刺李文涛的身体，血像喷泉般一股股涌出来。但是李文涛就像开足马力的坦克，生生拖着这些人的体重朝前走去。

眼看到了悬崖边，就要同归于尽，众打手纷纷跑开。李文涛的负重突然减轻，抓着平哥一起飞跃出去，翻滚着消失在密林里。

这场惨斗并未持续多久。几分钟后，镇上警察率先赶到，平哥的手下已经逃散。警方只是以为这里发生了交通事故。又过了半小时，消防队从县城赶到这里，很快压制住了火焰。接着，他们从密室里找到昏迷不醒的杨真和韩悦宾。两个人分别被反锁在秘密实验区深处的两间密室里，爆炸后反而能留下性命。

消防队员还找到了吴海清。他在爆炸时就昏迷了，叶平则在爆炸中当场丧命。吴海清发现实验基地被毁，万念俱灰。他知道世上没有哪个医生可以救自己，马上选择如实招供，只是希望警方能够让他把研究资料整理出来。

以前只是黑钱要洗白，现在，秘密的研究成果也必须漂白。李文涛设计过一个复杂的漂白计划。等神经改造技术成熟后，他要公开搭建一家医疗企业，用它作平台，选择正规医院合作搞研发，把已经形成的成果慢慢注入正规渠道中去，让人们忽略其真正来历，最后作为新技术去申请专利。

当初选择乔帅做被试，正是因为他想在这些技术合法化后，先把职业运动员作为客户，这可是比任何兴奋剂都管用的彻底改造。

然而，现场的电脑、资料库和标本大部分被破坏，用十几个“白鼠”的生命换来的成果埋在了废墟里。

除了这个秘密基地，李文涛还用那笔钱开办过两家小企业。一处是儿童行为障碍矫正机构，这是漂白秘密成果的起点，他需要有个公众能接受的身份。矫正机构里面有三位雇员。警方立刻查封了这个中心，拘留了所有雇员。经过严密调查，发现他们和李文涛的犯罪行为无关，这些人根本不知道老板在别处做了什么。

李文涛还有一处用来做掩护的家装材料销售公司。他雇用的经理也被拘押审查，结果同样和李文涛的案件没有关系。这个人只负责把石材厂的加工成品拿出去销售。李文涛从不过问他的业绩。如果经营不好还会倒贴钱。世界上再找不到这样安稳的职位，可惜好景不长。

这些结果充分说明李文涛的谨慎。几年来他接触过无数人，却只发展了三个值得信赖的同案犯。

◆ ◆ ◆

与这个无声无息的案件同一时间，龙剑侦破了一件轰动全国的案子。天平制药公司中国分公司从拉格涅夫手里偷偷买下新型驱眠药配方，伪造各种证明，声称它已经通过美国食品药品监督管理局的安全性审查，得以在中国销售。他们还派出人员跟踪回访消费者，表面上是服务周到，实际上是将中国购买者当成免费实验对象。

在中国境内，每年有60多家跨国药企组织上百项人体实验，涉及人员数万名。这么大的规模，里面能没点猫腻？龙剑早就有一份敏感，穷追不舍，果然大有收获。

这家中国分公司的中方负责人立刻被警方控制，将被提起诉讼。至于拉格涅夫，他并没有违反中国法律，只是违反了与老东家的合同。国家安全局将把他遣送回俄罗斯。龙剑一同随行，并负责向俄方通报对拉格涅夫的侦查结果。

遣送拉格涅夫的小型专机从北京机场起飞，直奔北方。龙剑坐在拉格涅夫对面，他有点同情这个老头。拉格涅夫没做杀人越货的勾当。至于把人当成大白鼠，这种危害到底有多大？

“你知道所谓医药研究程序是什么吗？你们这些呆瓜！”拉格涅夫知道自己的命运，再也顾不上客气了。

“它们是各国制定的法律，据我所知，俄国现在也有。”龙剑做了最简单的回答。每个犯罪嫌疑人都会找理由说自己无辜，他早就习惯这一点。

“法律？当然，你们警官只懂得这个。但是你想想，医学家找到一种化学体，认定它能治疗某种病症。然后按照那些所谓的法律研究十年、二十年，最终证明它确实有效，且副作用很小，可以上市。这意味着什么？只不过意味着当初医学家就猜对了。耽误十年、二十年，不知道有多少人因为这些缓慢的官僚程序，无法获得新药的功效。这就是你为之服务的法律！”

法律问题是蔡静茹的专业，龙剑没想这么深，干脆用反问代替回答。“当年你在苏联军方主持驱眠实验，被试都是自愿的吗？”

拉格涅夫脸涨得通红：“你想问什么？这和本案有关吗？”

“当然无关，只是我的个人兴趣，您可以不回答。”

“不，我要回答！”拉格涅夫激动地想站起来，看到身边几个中国司法官员冰冷的目光，又坐下了。拉格涅夫愤愤地说：“我知道你想得到什么答案。对不起，事实完全和你们这些懦夫猜测的相反，我们都是志愿者。”

拉格涅夫在嘴边摇着手指，面带骄傲地回忆。“我是第一个被试，小组里面所有科学家都自愿做被试。接下来许多军人——我不会告诉你有多少人——他们都知道这个实验有多危险，但他们挺身而出，自愿接受实验。这些你们是不会理解的，你们永远不理解信仰的力量。”

龙剑相信他说的话，信仰确实伟大，但药物的力量也不可小瞧。这位老人一天只睡两个半小时，带队跟踪他的这段时间里，龙剑被睡意搞得昏头涨脑，只盼着结案后饱睡一场。

按照俄方要求，遣送拉格涅夫的飞机直飞到欧亚相交的内陆城市车里雅宾斯克，叶缅年科带着部下在机场迎接中方人员。带走拉格涅夫之后，俄方就在机场贵宾楼里设宴款待中方人员。席间，叶缅年科向龙剑询问了调查案件时的一些细节，龙剑在保密守则许可范围内一一做了回答。

“你刚才说你就职的部门是……”叶缅年科一直认为龙剑也是中国国家安全局的情报人员。

“高科技犯罪问题调研室。”

“太好了，你们早该成立这种机构了。普通警察处理不了这种案件。”叶缅年科非常高兴地谈着他的感想，“科学太重要了，不能把它们交给科学家。”

20世纪初，法国政治家克里蒙梭语出惊人——战争太重要了，不能把它交给将军们。叶缅年科的话就出自这个梗。这位俄籍朝鲜人供职于“危险技术流向监控处”，正是全球首个以监控高科技运用为目标的政府机构。他指指外面押送拉格涅夫的警车，说道：“希望从这里开始，我们两个机构多多合作。”

不管拉格涅夫如何强调信仰的价值，他目前新信仰的归宿——世界超人协会闻讯后发表声明，因为拉格涅夫违反俄罗斯法律，并涉嫌帮助他人违反美国法律和中国法律，决定开除他的会籍。

事情并没有完结。拉格涅夫回国后，因年事已高，健康状态不佳，法庭允许取保候审。拉格涅夫旋即弃保失踪。警方查遍他的亲戚，一无所获。叶缅年科不得不再次发函，提请中方监视他在中国境内建立的旧关系。

◆ ◆ ◆

然而，李汉云和同事们最关心的还是杨真的健康。中和剂找不到了，她时而清醒，时而沉睡。公安部医院调集脑外科专家会诊，杨真在清醒时也会讲一些技术点，可是他们都不敢据此贸然施救。这些医生处理过射入脑中的弹片，甚至寄生虫，可是微型胶囊是个什么鬼？如何处理？那可是人脑啊，没有万全之策，怎么能够随便打开又合上？

鉴于杨真的状态近似轻躁狂，医生们给她开了锂盐。发现镇不住，又加上卡马西平。杨真开始恶心、呕吐，时而全身无力、嗜睡、半昏迷，时而清醒异常，吵着要回单位，向李汉云汇报调查过程。

“我知道很多，还有很多，不止这个案子，咱们室的任务，以后的工作程序，好多想法都在冒出来。就在我脑子里，我刹不住车。主任，让我回去吧。不把这些总结出来，我的脑子都快炸了。”

谁也不敢让她出院，只好用医生的话来安慰她。还是杜丽霞聪明，她拿过镜子，摆到杨真面前。“你看，人不人鬼不鬼的，怎么出去见人啊。”

医生们需要刮掉杨真刚长出来的头发，随时清理创口。用这个理由把她暂时留在医院里。

从废墟里把吴海清抢救出来后，医生们就拿他没办法。吴海清显得性格暴躁，话多到语无伦次，动作更是特别多。因为他是重大案件的犯罪嫌疑人，监管人员只好把他死死铐住。这更让吴海清暴跳如雷，总是挣扎到手腕和胳膊鲜血淋漓，疼痛到昏迷过去为止。控制饮食？两小时不吃他就在喊饿，注射镇静剂又会导致昏迷不醒。

勉强撑到第五天，被铐在墙上的吴海清突然大口吐血，被送到急救室后，很快死于多脏器衰竭。

这个消息大家没敢让杨真知道，所有关心她的人都被这层浓厚的阴云笼罩着。这不是病，可比疾病要命得多。他们愿意为她用最好的设备，买最贵的药，但是，他们不知道该做什么。

这天，杨真醒过来，发现脸上有水迹。这是什么？天花板漏水？输液袋漏水？杨真用指头蘸着尝了一下，咸的，是泪水？难道她在睡梦中哭了？

卢红雅从里面卫生间走出来，眼圈红红的。看到杨真醒了，两步抢到床前。杨真知道，这是妈妈的泪水。“没事，妈妈，我挺得住。”

卢红雅紧紧地抱住女儿，杨真感觉到妈妈的身体在颤抖，半天说不出话来。卢红雅已经在这里陪了几天，不知道女儿脑子里被放了什么，每次看到杨真陷入睡眠，都担心她不会再醒过来。

下午，李汉云又过来探望，卢红雅把他请到外面。

“主任，你和我说实话，公安部的医生知道怎么治疗她吗？”

“唔……他们已经调集了全系统最好的脑外科医生……”话一出口，李汉云自己都觉得没有力量。

“我相信你们已经尽了全力，不过，我可以推荐一个人选吗？”

“您有更好的医生？”

“他不是医生，但能救我女儿。”

## 本集说明

1. 首因效应：一种记忆规律，在同序列的记忆对象中，排在最前面的容易被记住。

2. 粗动作：以全身大肌肉群为主的动作。对婴儿来说主要指翻身、爬行、步行等。粗动作发展的早晚是考查婴儿心理发育水平的重要指标。

3. 定位点：人脑不同的部位执行不同的功能，这些有特殊功能的位置就叫定位点。脑部定位点是脑科学的基础研究，它的成果绘制在“脑图谱”上。

4. 激情犯罪：犯罪学术语，指个体在激情状态下发生的杀人、伤人、毁物等暴力犯罪，如在争吵中杀人。事先无预谋，无利益驱动。

5．习惯犯罪：犯罪学术语，指某种犯罪手段成为习惯后，当事人出于癖好而犯罪，如盗窃癖、赌博上瘾等。习惯犯罪有预谋，但无明显的利益驱动。

6．雷尔教派：由法国人沃尔隆于20世纪70年代创立的邪教派别。崇拜外星人，并声称秘密从事克隆人研究。

7．异食癖：一种精神疾病，患者经常吞食非营养物质，如泥土、砂石、玻璃、树皮、鸟粪等。原因不明，估计与某些微量元素缺乏有关。

8．额叶：大脑皮层的一部分，位置大致在前额下方。

9．苟勒、考夫卡、桑代克：都是20世纪前半叶的实验心理学家，很少为公众所关注。

10．新型毒品：指相对鸦片、海洛因等传统毒品而言的新毒品。它们主要是人工化学合成的致幻剂和兴奋剂。由于不像传统毒品那样必须由农作物中提取，产生环节很隐蔽。

11．俱乐部毒品：冰毒、摇头丸等新型毒品的别称。因为多在夜总会等处被使用，所以叫俱乐部毒品。这类毒品的生理危害程度较传统毒品小。

12．外围神经系统：位于颅腔和脊柱之外的全部神经细胞体及其神经纤维的总和。

13. 马鲁它：日寇731部队的文献记录中，将用于实验的平民称为“马鲁它”，直译为“原木”。

14. 隔区：位于脑的边缘叶内，按其与前连合的关系分为连合上部（透明脑的前部）和连合前部（胼胝体下回）。与情绪有密切关系。

15. 麦角酸：全名麦角酸二乙酰胺，可以令人产生幻觉。